Beautiful You

文子 著 金浩森 摄影

谢谢你
出现在我的
青春里

CNS
湖南文艺出版社
HUNAN LITERATURE AND ART PUBLISHING HOUSE

博集天卷
CS-BOOKY

谢谢你 出现在我的 青春里

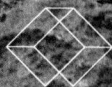

目录 —   *Contents*

Beautiful You

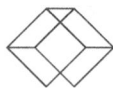

谢谢你　出现在我的　青春里

Beautiful You

3

Beautiful You

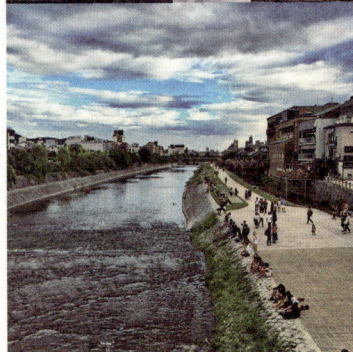

Beautiful You

某个下午，我问了文子九个为什么
他会和金浩森一直在一起搭档的问题

刘同 _____

其实朋友和朋友之间，你说到底怎样才算熟？对我来说，可能有几个细节。

1.一起喝了一次能醉的酒。看对方喝酒的样子，听对方喝醉后说的话，做的事，很容易就被卸掉伪装，看清楚彼此。

2.一起出去旅一次行，看路途的状态，是老提需求，还是老解决问题，决定下一次还要不要在一起。

3.坐在一起生聊天。问很多问题，问那些要靠很长时间的观察才能得到答案的问题，就能迅速了解一个人为什么会走到这里，以及未来他想走到哪里。

第一件事和第二件事，我和文子一起都做过了。

第三件事情就是我打算做的，我跟文子说："来，出来聊天。"

他说："什么事？"

我说："我想问你九个问题，什么都能问吗？"

他说："你问吧。"

我肯定不会和一个比自己长得好看那么多的人合作，一方面讨厌长得好看的人有偶像包袱，另一方面这会让自己黯然失色。

所以我问文子："你为什么会选择和金浩森创业？他到底哪里吸引了你？"

文子说金浩森是自己的摄影老师，知恩图报所以在一起创业了（这个故事我还是第一次听到，我还以为文子才是比较有才华的那个，没想到文子这也没有那也没有呢……）。文子继续说："金浩森很有摄影的才华和天赋，但是不喜欢动脑子，也比较懒，安于现状。我喜欢折腾，爱尝试，所以算是很互补吧，也没啥更好的出路，就在一起搭档了。"

"金浩森很简单，直接。他喜欢和不喜欢都有非常明确的原则线，且对方能马上知道。他不太注意语言的"艺术"，常常因为直接，让我觉得他得罪了不少人，但他从不在意。吸引我的一点也在于他的这种自我，他不喜欢混圈子和摄影圈常见的抱团，他总是拍自己喜欢的东西，做自己喜欢的事情，他也不管别人拍了什么，大家喜欢什么，在做什么。他所有一切的前提是他自己得开心了。我前些年觉得这样很小孩子气有点任性，现在慢慢觉得，做人呀，就得这样。"

文子说的我能理解，一个内心没有自卑感的人，就比较在意自己的感受。

有人被排挤了，有人也因此而独立了。

文子说自己毕业没有更好出路的时候，我不太相信。他是北师大中文系毕业，这个学校自然是个好学校，高考的分数也挺高。我想象了一下，如果自己毕业之后，告诉家里："喂，我不找工作了，我跟着一个长得帅的小伙子一起干摄影了。"我家应该会让我有多远滚多远吧。

文子说："可能我是男孩子，家里听说我的决定后，一点都不崩溃，他们觉得一个男孩子做自己想做的事情比较重要（我觉得无论一个男孩子，还是一个女孩子，遇见能理解自己的家庭可能更重要）。"

刚毕业的人最在乎的就是钱，怎么挣，怎么花，怎么用，怎么在家人朋友同学面前抬起头。我想刚和金浩森创业的文子，应该过得不是那么顺利。

"你还记得自己毕业第一年，回家过年带了多少钱吗？"

"毕业的第一年吗？几百吧？具体真的忘记了，反正从2009年到2012年，每年回去，身上只有几千块，直到2010年后，我们开始接到更多的拍照邀约，陆续赚了一些钱了，可能我们挣的钱也不算多，存起来不知道干啥，花光刚刚合适。"

其实现在很多年轻人觉得找工作麻烦，找工作辛苦，觉得创业才是最简单的方法。开个店，找个志同道合的人一起就行。但这么多年的经历告诉我，首先90%年轻时候彼此觉得志同道合的人最后都分道扬镳了，其次90%年轻没有任何经历出来创业的人最后都养不活自己，所以我觉得文子的举动非常莽撞，虽然勇敢，但是也会给很多年轻人造成"坏影响"。

　　我问："你到底怎么评价你的创业，是好是坏？"

　　"我身边有很优秀的创业的朋友，那叫一个快、准、狠。这样的人就是天生用来创业的。

　　我算不上一个创业者吧，金浩森就更别提了，我们算出道最早一批的摄影师了，依然还是小作坊团队，后来开了别止民宿，又是一个小团队，现在有了一个摄影培训学院，也是小团队管理。但从自给自足，解决温饱到现在，也都十年了。我不觉得我们在创业，我们不以创业为目的，我们只是以活着开心为目的，慢慢地摸索吧。现在这样，很多朋友想投资我们，但我们都不是那种商业脑子，虽然都不算很好，但做事情都蛮开心，进展得也挺顺利。"

　　但不是所有人以创业为名字就能死扛十年的，所以，我问他："你觉得你能走到今天靠的是什么？"

　　他说：靠运气和努力和金浩森长得好看吧！（这个问题，我觉得他今天的回答都很诚实……）

　　"那现在的生活是你想要的吗？还是说你还在追求你向往的生活？"

　　"是我想要的。我跟浩森都属于容易知足的人，现在衣食无忧，有MOON摄影团队，别止民宿，摄影学院和目纹视频四个小团队，大家也都很融洽。我记得刚跟浩森做MOON的时候，我就说我们都慢慢来好了，什么阶段做什么事情，有缘就做，没缘也不强求。金浩森更是无所谓，他以前甚至是一个相信世界末日的人，他常常说，鬼知道明天怎样，快乐了今天再说，所以他很珍惜当下。"

文子补充："没有在追求更向往的生活，现在已经挺自由了，想干吗就干吗，接下来就希望跟着自己的小伙伴们也能一个个都更好起来。"

感觉聊工作已经聊不下去了。

总之文子给出的答案关键词就是那么几个：满足，没目标，过好当下，和浩森相互信任，慢慢来。

这并不是一个看完能打鸡血的分享，既然不能让人变得更好，那就聊聊更糟糕的事情吧。

很多人都觉得摄影师的工作超赞的，哪里都能去，超级光鲜的样子，所以我问文子他出国摄影最崩溃的摄影细节。

文子和我的困惑很类似，就是英文很烂，如果他没有浩森的话，整个人可以在酒店躺一个星期不出门，只喝水。

在国内文子叨逼叨叨逼叨很厉害的样子，到国外就跟金浩森的跟屁虫一样，跟着混。所以金浩森常常很嚣张在国外给他开条件……

我看着文子，文子看着我。

他举着酒杯跟举着一杯水一样，一饮而尽，一点醉意都没有。 我说："你回去吧……让我一个人静一静。"

文子说："哦。"

哪有人的人生各方面都是十分精彩的，像文子这样，自得，满足，干好当下每一件事情，不急不躁也挺牛 × 的，不是吗?

人来人往，还好遇见了你

金浩森 _____

文子：

以前总有人问我，我们成为搭档有多久了。

每一次，我都觉得好像比想象中要短，却又仿佛比数出来的年头更长。回头看看这些年，是那么莫名其妙，却又那么顺理成章地，就走了过来，到了今天。

三十岁生日那天，你问我，是否满意当下的生活。

我随口说了句"还行吧"。其实那天晚上翻来覆去，怎么也睡不好，过去像是电影回放，我太感恩现在的生活了，好像我一直很幸运，幸运选择对了职业，选择对了搭档，选择对了生活方式。

这些年，除了要感谢遇到摄影这件事之外，最要感谢的，就是遇到你。那个毕业时一腔热血跑到北京北漂的我，心里坚信一定能干出一番大事业，到了北京才发现，人才济济的北京，我这等凡人，连面试的机会都少得可怜。

刚到北京那一年，也有过挫折受过气，但也不是什么刻骨铭心的心酸往事，大部分也都想不起来了。

可对于未来，我从没规划过，过好现在的每一天，似乎更为重要。可你策划了另一种人生。你总说，策划再多方案，不如策划好自己的生活。于是你离职，全身心投入我们的摄影团队MOON。

摄影的这些年，我一直说我拍照是给自己看的。要拍自己喜欢的照片，拍自己想拍的人，不为别人，也不太在意别人的看法。

但我知道，是因为你，我才能拥有这样的自由。自由地去做我想成为的那个自己。

2010年，我们一起出了第一本书，在那个孕育着梦想的北京，当时特别年轻、仿佛永远有力气向前冲的我们，对那座城市有着难以描述的痴迷，对未来有着无限的憧憬。

而在我和你合着出第二本书《文子与浩森一起走》的时候，我们改变了城市生活的轨迹。我还记得当时是冬天，我们在北京西单图书大厦开完人生第一次比较正式的签售会。哪怕这本书，我可能只是属于挂个名，提供了一些图片，但是被编辑催稿催得屁滚尿流的却是你，所以于情于理我都得牺牲一下我的美貌陪你签售站台。

　　第二天，我们便拎着一只小箱子去了杭州。像极了一次两手空空说走就走的旅行，却从那一天起，我们正式结束了北漂的生活，定居杭州。那天是圣诞节，商场很热闹，我们吃着火锅，而你这个不怎么吃辣的湖南人，冒着汗跟我碰杯，说：杭州真好，别乱跑了，我们创业吧。

　　搭档这些年，通常我都是放冷箭的那个人，总是对你的宏伟蓝图嗤之以鼻。那一天，我大概也没把你说的话当回事吧？可是，如今再回头去看，这几年里，你曾经向往的生活，你每一个工作的目标全部都实现了。

　　我还记得曾经有一次你问我：如果我死了你会怎样？（貌似这生离死别的问题是情侣间常问的，怪怪的。）当时我的回答是，我应该会吃土。

　　是啊，熟悉我们的朋友应该都知道，我所有工作都是你安排的。我本人是一个不喜欢动脑的人类，所以对我而言，你是如慈父一般存在的朋友，生活上对我苦口婆心，工作上也是控制欲极强，就像明天会突然吃不上饭一样，每天都一定要整一些幺蛾子出来逼我去做。

　　当然我也有对付你的办法，比如此时，下着雨的周一，我正在别止听音乐喝咖啡吃甜品，而你应该在工作室和团队开例会。

　　很多人都说，你们这几年可真幸运啊，一直在路上瞎玩，轻松地创办了工作室，轻松接下好多品牌的合作，2016年又轻松地开了别止。可是，如果不是你的坚持，这一切可能都不会这么快实现吧？

　　虽然我嘴上从来不说，但没有人比我更明白私下你一切的努力，无时无刻不在拿着手机工作，每次你说厌倦工作了想去旅行，但是在旅途中，却也总是放不下手机，几乎没有一天真正的洒脱。

就在刚刚我把以上文字截图发给你看，问你是否可行，是否满意。你说我写得乱七八糟却也看得下去。

这些年，无论发生什么事，都有人分享，有人倾听，有人安慰。我们一起经历过很多很多次的长途飞行，去过很多地方，喝过很多不同国家的咖啡，熬过很多小困难，但是最重要的是我们依然没有撕×，依然在每一个生日会给对方送上最真诚的祝福。

生活里有一个你存在，真好啊。

无论世界如何变化，我总相信你会一如当初的那个少年，勇敢而无畏，拥有无限勇气，怀抱着天真一往无前。

这些年，人来人往，还好遇见了你。

我们沿着田野中央的那条小路骑车而过，

有点像回到了小时候，

好像骑一骑就到了吃晚饭的时间，就能沿着这条路骑回家。

比远方更远的地方

一

那个清早，我们从海滩出发，前往美国的圣弗朗西斯科。

在洛杉矶一号公路上，左边是连绵的海岸，右侧是重叠的山峦。山坡上错落着很多房子，道路弯弯曲曲，仿佛没有尽头。

我们就这样一直开着，追着前方的云。偶尔停下来拍几张照片，偶尔坐在沙滩上吹吹风，买一杯咖啡慢慢喝完。在美国时间里，北京时间是一种遥远的存在，远方那些熟悉的人此时此刻正安睡着，而我却享有着一片无止境的晴朗。

再上路时，旁边交错而过一辆大巴，车身标注着很多我没听说过的英文地名，有人趴在玻璃上拼命向外看，也有人朝我们的车挥手。

那一刻，我突然想起小时候在老家门前的马路上，也总见到这样的车。它们从县城开向桂林，玻璃上贴着红红绿绿的地名，傍晚时我就一个人坐在阳台上看着穿行而过的这些大巴，觉得它们将去很远的地方，带着很多人离开。

而那时候，我总觉得未来一定会有一辆车带我走，一往无前。

二

小的时候，爷爷最疼我。他一辈子都没有离开过老家，远方是遥不可及的想象。于是他常常拿着卷烟，坐在院子门口，跟我讲："你爸爸啊，去过河北，去过北京，比我强。"

我总抢着表态："我以后也会去，会去更多地方！"

爷爷就笑起来，他说："那你一定要好好读书啊，读书才是唯一的出路。"

于是，高考填志愿时，我一门心思想去北京，想抵达那个全国最大最好的城市。我拼命念书，得偿所愿考到了北京，读中文系。

收到录取通知书那天，我的喜悦全世界都看得见。收拾行李时，爸爸坚持要给我带一床被子，他说自己家的被子和外面买的不一样，更暖和更舒服。于是他将被子仔仔细细扎起来，用报纸铺在上面，生怕弄脏。我就带着它，还有一大包裹的东西，上了火车。

从北京西站出来的时候，外面是一个巨大的环形的桥。那时候我觉得一个全新的世界就此被打开了，那么多车从面前驶过，那么多人忙碌地生活着。我扛着所有东西到学校，将其放好，晚上给妈妈打电话报平安。

她问我："东西吃得惯吗？"

我随口跟妈妈抱怨着："我去晚了，食堂里都是面，连米饭都没剩下。"

家里当时有邻居在，阿姨在电话里跟我喊："你这孩子也不早点打电话回来，你妈担心了一整天！"

那一刻，北京是离家很远的地方，妈妈没有来过，而我要在这里生活四年时间，我是真正离开了家，去了远方。阿姨话音刚落，我便在电话里哭了，我妈也哭了。

三

我慢慢适应和习惯一个人在陌生城市的生活。国庆时和同学一起去爬长城，周末时在胡同里逛，看各种景点。那时候不会拍照，就请同学帮忙拍，然后洗出照片寄给外地的朋友和爸爸妈妈。

我也曾一个人旅行，去凤凰。那时要从长沙先坐火车到吉首，再转大巴。夜里的火车晃晃悠悠，窗外的灯光零零碎碎地照进来，整节车厢只有我一个人。凤凰下着雨，那年还没有那么多游客，我在找旅馆的路上还摔了一跤。当时觉得旅行原来并没有自己想象的那么有趣，可我还是对远方充满向往，睁大眼睛拼命看周围一切的新鲜事物。

毕业后我开始接触摄影，慢慢因为巡拍的缘故要去越来越多的城市。我奔波于车站和机场，常常在高铁和飞机上想起从前那个向往远方的自己，觉得人生充满转机，而旅行，原来并不是一件遥远的事。

刚拍照的时候，赚得很少，所得酬金往往只够负担旅费而已。可现在回忆起来，那却是一段特别难忘的时光。

曾经有人找我拍照，记录她和她男朋友的恋爱时光。那时是那座城市夏天最热的时候，我要从早上拍起，拍他们起床、吃早餐，再到学校拍学习生活，一直到晚上回到他们租的小房子拍夜景。因为那是她第二次找我拍，所以我想着结束拍摄工作后再收费，可她拿到照片以后就消失了。那是我第一次在工作中被欺骗，我怀抱着最初的坚持和热爱，被泼了一头冷水，带着沮丧的心情离开，甚至开始不喜欢那座城市。

但也有很多很多特别温暖的时刻。曾经到重庆的山上去吃钵钵鸡，吃完后找不到车下山，隔壁桌有一家人正要下山，就很好心地答应载我一程。明明不顺路，但叔叔坚持把我送到我住的地方。我想付一笔车钱，他笑着拒绝，他说："你第一次来重庆，就权当叔叔是个导游，祝你玩得开心啊！"

一次一次，一点一滴，旅行激励着我向前走，也像一个朋友和我并肩同行。

四

第一本护照早已经全签满了，我问浩森："你还记得我们第一次出国旅行吗？"

那年去越南美奈，和好朋友同行。清早4点，我们揉着眼睛爬起来，从住的旅馆去沙滩上开皮卡车。我坐在副驾驶的位置，朋友是个女孩，吓得一直尖叫，结果她越害怕，司机就故意开得越快。然后我们大笑着去玩极地过山车，帽子被海风吹走，几个人狼狈地跑去追。

那个早晨，海滩上全是蓝色的渔船。渔民捕鱼归来，带着喜悦的心情开始全新的一天。他们售卖着自己捞到的鱼，沙滩上是退潮后留下来的盐，白花花一片。风很大，夹杂着沙滩上的细沙吹到身上，有人哼着歌，歌声淹没在海浪声里。

世界一点一点扩大着，我用脚步丈量着属于自己的地图，带着期待和惊喜。直到现在我都觉得，好像后来的人生里，再也没有第一次出国旅行那个清早一般惬意逍遥的心情。

曾在新西兰体验滑翔伞，站在云雾缭绕的山顶，教练在讲完安全措施和飞翔方法后，会和我们一起跑。跑到某个点时，他打开滑翔伞，那一瞬间我们从山崖上俯冲下去，强大的失重感席卷而来，下一秒却随着滑翔伞迅速升高，驰骋在天空中。

那天，浩森指着那片山谷，以及飘荡着云彩的天空跟我说："看，这就

可倘若说青春远去，

我反倒觉得，如果不是因为长大，

怎么可能拥有如今广阔的世界。

那些一步一步走过的路，

却无可复制，

却不舍得重来一次。

Beautiful You

是我的办公室！"

我想起第一次坐飞机，那是去成都旅行。我提前了四小时到机场，生怕迟到。但到了才知道检票口还没开放，我就站在那里不停问工作人员我是不是走错了、飞机是不是正点飞。我特意选择了靠窗的位置，起飞前不停看向外面，在飞机滑行并且腾空的那一瞬间抓紧扶手，心里有小小的惊喜感，觉得自己飞起来了。

而后来一次一次飞行，我总是习惯在起飞前就迅速入睡，不再如从前那样怀揣着忐忑的心情去等待起飞。可是，我拥有了更大的世界，也迎来了一个全新的自己。

五

我们总是在旅行时慢慢摸索和寻找。起初喜欢尝试一切新鲜的事物，直到去了足够多的地方，才慢慢懂得自己的喜好。

认识自己，是旅行带给我最重要的事。

后来我总是更喜欢一些安静的地方，去一座城市会花很多时间泡在咖啡馆里，或者逛一逛书店。

最喜欢的城市大概就是京都了。最近每年都会去很多次日本，但每次去京都都有全新的发现。喜欢看那些蕴藏文化和历史的百年老宅，也喜欢在鸭川旁边散散步，坐一坐。那些古色古香的老街道，将传统的文化好好地收藏与保护。每次探访书店、咖啡馆或者是一些卖杯子和瓷器的店铺，也觉得时间仿停下来了一样。

我开始喜欢探访一些少有人知道的小城市，在日本或欧洲，坐着漫长的火车，躲开人群，安安静静去感受一个国家或一座城市的魅力。

有一次去靠近关西机场的二色滨，那是一个很少有游客会去的地方。除了地铁站，附近全都是一望无际的田野，满眼绿色。

我和浩森拖着行李箱走了十几分钟才走到我们的目的地，一座有一百多年历史的古宅。放下行李，我们租了辆自行车骑去海边。

我们沿着田野中央的那条小路骑车而过，有点像回到了小时候，好像骑一骑就到了吃晚饭的时间，就能沿着这条路骑回家。

经过二色滨公园，它如名字一样，是因为公园内白色沙滩和绿色松柏的"二色"搭配才得名的。很多情侣在这里牵着手散步，很多小朋友在沙滩上踢球，玩沙子。

我们骑到更远的海岸边，夜幕降临时，天空上是晕染开的晚霞，紫色和粉红色交织在一起。一切都美好得不真实，身边几乎一个人都没有，连车都很少，这里就像一个被世界遗忘的角落，美丽而遥远。

Beautiful You

六

在许多个本以为已经足够远的地方，冰岛、法国、美国、新西兰，我都在想，自己到底还会前往多远的地方呢？答案是：我不知道。

在洛杉矶旅行时，朋友是南加州大学的学生，我们就住在学校附近，每天早晨，夹在学生当中去咖啡馆买咖啡和面包，然后在校园的长椅上晒着太阳看书。

沿着操场的跑道散步，身边经过的都是年轻的面孔，他们朝气蓬勃，对未来怀抱着无穷的希望。有一瞬间我以为自己回到了学生时代，却回过神来，知道学生时代早已远去。

可倘若说青春逝去，我反倒觉得，如果不是因为长大，怎么可能拥有如今广阔的世界。那些一步一步走过的路，都无可复制，都不舍得重来一次。

我曾反复梦到过奥克兰的那个路口。

在那条直通到底的道路上，每个人都像是机器人一样，红灯亮起，大家停下，绿灯亮起，大家迅速移动。周围的一切都是棕色调，暗暗的，一切都不鲜活。

然后，另一个梦，是从奥克兰开车前往电影《指环王》的拍摄地。

雾很大，一团一团白雾挡在前方，什么都看不清楚。开车的是找我拍摄的客人，才刚学会驾驶一个月时间。一路上我们几乎一个人都没碰到，山路蜿蜒崎岖，坡道上上下下。我们的手机没有信号，失去导航，就这样沿着自

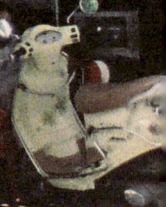

以为的方向向前开。

当雾气散去、天空放晴的那一刻，我们看到路边有很多很多不知名的小花。

某个山顶上，左侧是盘旋的公路，右侧是一个被锁起来的小栅栏，阻隔了一条道路。金色的夕阳洒下来，许多蒲公英散落在草原上，正前方的海是深邃的蓝色，却被阳光照得波光粼粼。

我知道此时此刻，我在遥远的地方，到了别人梦想过，而从前的自己从未想象过的地方。但我仍知道，还有更远的远方，在前面等我。

也许只是短暂经过，也许和你擦肩而过，但我们都会记住这些经过，谢谢未曾错过。

Diary

你还好吗，小时候的我

　　我们总是感觉离小时候的自己越来越远，但明明小时候的记忆又很近很近，像是昨天才逃完课，昨天才去沙滩玩了一个下午，昨天还是那个吹着风扇吃着西瓜的夏天，昨天还因为淘气被妈妈臭骂一顿……然而今天我就变成现在这样了，中间发生的事情已经不再重要，我只想站在这头，跟站在小时候的那头的我，问声好。当我们已经不再拥有更多的时候，我们唯一能做的，就是不要忘记。

　　"玩沙子到忘记吃晚饭，感觉那里就有城堡，有全世界。"

　　"为什么那时候的台阶总是那么高，感觉像爬了一座山那么高。"

　　"不想上课的心，与日俱增。"

　　"穿一双全新的雨鞋，招摇过市，专门踩水坑，不下雨也穿。"

　　"躺在浴缸里玩玩具，把自己的耳朵淹没在水里，听到神奇的声音。"

　　"每隔一段时间就会有新的英雄，占据我所有的崇拜。"

　　"在雾天的玻璃上画鬼脸，或者写下某个人的名字，然后悄悄擦掉。"

　　"捉鱼、捉虾、捉昆虫，见到活的就想下手，即便一无所获也开心得要命。"

"个子不高，比谁的影子长。"

"漫长的夏天就是在不断的冲凉中度过的。"

"玩游戏总是觉得自己特别厉害，没人能找到我。"

"对每一件新鲜的事物都充满好奇心，也不懂什么叫危险。"

"像个猴子，在哪里都在爬，直到被骂才委屈地下来。"

"无所事事地玩才是正经事。"

"没有大人牵着过马路，总是没有安全感。"

"好像所有人都会包容我的调皮捣蛋。"

"虽然不舍，但是也不得不说再见，那个荡秋千的小孩飞去了更高的地方。"

跟我讲完这个故事，

他脚边多了好多空啤酒瓶，

眼眶里都是眼泪。

爱上一个人，就不怕付出自己的一生

Chapter 2

一

陆展是我大学时最合拍的酒友，东北人，为人豪爽，连喝七八瓶啤酒都不带眨眼的。

2011年毕业以后，他回老家，我们就少有联系了。

后来听说他砍了人，蹲了监狱，同学聚会他再没出现过，就像从人间蒸发了一样。

他删了所有人的联系方式，包括我的。

可上个月，他突然加我微信，要了我手机号，没有任何一句客套的寒暄，开门见山地说："还当我是哥们儿不？我要结婚了，你小子来参加婚礼吧！"

挂了电话我便订好机票。

飞哈尔滨的那一天，他来机场接我。五年没见，他举着白色的纸板牌子，上面写着我的学名。

字还是拙得跟小学生的似的。

他冲过来跟我拥抱，说道："好哥们儿，你来了真好，我们这次一醉方休。"

安顿好后，他带我去见他老婆。

等看到新娘时，我震惊了，这不是当年一直对他穷追不舍的叶茜吗？！

她冲我眨眨眼睛："你们去喝酒可得带上我呀。"

我一时说不出话来，那一刻，我觉得自己好像回到了很多年前。

二

熟悉我的朋友都知道，我除了喜欢摄影，就是好酒。

陆展虽然跟我不同系，但我们常常结伴。

那时没有多少生活费，银子都要败到买酒上。我们总会给喝酒找出无数不着边际的理由，最扯的一次是陆展说他已经一个月没有梦遗了，这么苦情的戏码，我们必须一醉方休。

那天晚上，北京下着初雪，我们几个人就近在学校附近选了个地儿，决定喝到天亮。

但还没到凌晨，陆展就倒下了。我拍他的肩膀，让他别装醉，不然等会儿罚得更多，可没多久他就口吐白沫，直接从凳子上摔了下来，怎么也叫不醒。

服务员进来说，应该是混酒喝太多，酒精中毒，要我们带他去医务室。

我们顿时被吓清醒。

医务室的医生脸臭得要死，估计是对我们这种乱喝酒的学生没有一点好感。

他把我们往门外推："走走走，这是医务室，你们全身酒味儿，赶紧给我到外面去，找个清醒明理的同学来办手续。"

"找叶茜啊，"胖子老毛听罢吼着，"这可是现成的表现机会。"

半小时后，叶茜出现了。

她短发，穿了套卡通睡衣，外面套了件军绿色的大棉袄，脚上穿着一双棉鞋，估计是跑过来的，鞋尖已经湿了一大半。

她没搭理我们，直接冲去问胖子："人呢？"

胖子说："在楼上躺着呢，有可能会长睡不醒。"

她凶了胖子几句，直接去楼上找陆展。

那是我第一次见到叶茜，之前没听人提过。

胖子告诉我，她一直在追陆展。

叶茜示爱最疯狂的一次，是在公开课上。

陆展因为打瞌睡被老师点名回答问题，没有答对，被老师罚站。叶茜举手站了起来，她说："老师，都大学生了还罚站多不好啊，老师也不问问清楚，也许今天他打瞌睡是因为别的原因呢？"

老师笑了："这位同学，我不管他打瞌睡是什么原因，你站起来发什么言？"

"因为我喜欢他啊，老师。"

当时整个教室都沸腾了。拍桌子的、拍手的、拍大腿的，所有的同学都跟着起哄。

陆展朝叶茜翻了个白眼，走了出去。

他抓起书包往肩膀上甩的那一瞬间，叶茜的心脏都要跳出来。

瘦瘦的少年，穿着白色衬衫，也不知道是有意还是无意，上面两粒扣子都没扣，隐约地露出胸肌，他的发型是最考验帅哥的大平头，天生的鼻梁比那些整容的还要挺拔，这让叶茜完全没有抵抗力。

"还愣着干什么，追啊！"老师不怀好意地朝她喊，大家也跟着起哄。

叶茜有些羞涩，她夺门而出，朝陆展喊着："哎呀，你等等我。"

从此以后，整个系都知道了叶茜喜欢陆展，她就像跟屁虫一样跟在陆展后面，而陆展，总是不解风情。

第二天，陆展出院了。

所有的手续、在医院陪护、跟老师找完美的请假理由，都是叶茜一手包办的。

我问陆展："这么好的女孩，为什么不接受她呢？"

他跟我打了个这样的比方：他一直喝哈尔滨雪花，喝了好几年，忽然要他喝青岛纯生，他觉得很不习惯。

我明白了，陆展心里有别的姑娘。

但叶茜一点也不介意陆展的不回应。

她说喜欢是一个人的事情，我喜欢他，这是我的事情，我不要求他也喜欢我，但能一起玩耍，像哥们儿一样也挺好。

后来的大学两年，叶茜加入了我们的喝酒联盟。

我们几个朋友都太喜欢这个喝酒豪爽的姑娘了，不知道她从哪里学来的江湖魔术，常常把我们这些大老爷们儿唬得一愣一愣的，还有她模仿费玉清唱《千里之外》更是一绝，惟妙惟肖。

这两个活宝总是能逗乐我们所有人。

虽然平时喝酒时，叶茜大大咧咧，像个男孩，但她心细起来，也有着让人意外的柔情似水。

常常陆展喝得差不多了后，她就变出一些解酒药和护肝片。

大家取笑他俩虐单身狗。

叶茜端起酒杯，吼着："那我只能祝福各位，能找到跟我一样精通十八般武艺的好姑娘了。"

然后一口气干了一瓶老雪花。

有时陆展嫌她太闹腾，她便识时务地捂着肚子说："哎哟，那个来了，女人啊，真是命苦，今儿就不陪各位爷喝了。"

在座的兄弟都觉得陆展有些过分。

可她倒不在意，跟服务员要了一壶热茶，给大家醒酒。

倒了一轮之后，最后轮到陆展，她狠狠把壶放在桌子上，带着几分娇嗔道："就知道欺负我这么个柔弱的姑娘，诅咒你一辈子也找不到女朋友。"

慢慢地，叶茜的单纯和爽快，俘获了我们一票兄弟的心，于是大家计划在陆展的生日会上给他们制造一些条件。

快12点时，我们怂恿着陆展亲叶茜，把他们从两边推到了一起。

叶茜跳起来，脸蛋红红的，嚷道："你们干什么啊，别推我，别推我。"然后带着笑意往陆展身边靠。

"亲她！亲她！亲她！"大家齐刷刷地喊。

可过了许久，陆展站在那里跟个木头桩子似的，还是没动作。

胖子忍不住了："陆展，你个大老爷们儿愣着干吗啊，说话啊！"

陆展愣了一下，抢过话筒，他说："大伙儿别闹，我真的有话想对叶茜说。"

我头一次见到叶茜像姑娘一样害羞，埋下了头。

陆展清了清嗓子，说道："谢谢这两年，叶茜对我生活和学习上的照顾，叶茜是个非常好的女孩，我遇到她是我陆展上辈子修来的福分，但我觉得感情要尊重内心，我不喜欢叶茜，希望她能找到一个比我更适合她的人。"

听完陆展的话，原本涨红脸憋着气的大家，一个个像被针扎破了的皮球，感到泄气。

而叶茜，她抬起头看着陆展，眼里泪光盈盈，却死活不肯流下泪来。

"×你妈。"她拿起蛋糕朝陆展脸上拍过去，然后连包都没拿，就跑出饭店。

现场尴尬到冰点。

后来好长一段时间，叶茜再也没有出现在我们的局上，好几次我们找机会约她，她都婉拒了我们。

"大概是心灰意懒了吧。"胖子嘟囔着说。

三

毕业时，大家都有了各自的发展。

胖子回老家当了老师；我还在四处晃荡，想找个不用准点上班能赚到酒钱的活儿；陆展去了央视实习，这小子因为高颜值、高情商，深得各位姐姐前辈的喜欢，没啥意外的话，他打算一直留在台里发展。

但没过多久，陆展的父亲遭人算计，因为替人担保卷入一场经济纠纷案，一夜之间倾家荡产。

　　陆展请假回老家，看到父母一夜白头，决定留在老人家身边，重建家业。

　　他说，以前从来没感受到的现实和冷漠，这次在他最低谷的时候，就像一场风暴，将原以为足够深厚的人世情谊，席卷得渣都不剩。

　　以前来他爸爸饭店吃饭签单、大呼"亲哥"的叔叔们，如今都对他们家避而远之。陆展去找他爸爸最好的朋友帮忙，可那个曾当众要认他做干儿子的好叔叔，却自始至终连见都没有见他。

　　那时候，陆展发誓，他要靠自己重新开始。

　　他瞄准了附近的高校市场，他想给学生送外卖。他买了一辆二手摩托车，印了一些传单，打算再招两个兼职。

　　可打他电话，要求面试的第一个人，竟是叶茜。

　　在陆展生日聚会上被拒绝后，叶茜在宿舍哭了两天，不吃不喝，室友都不敢走近她。

　　她说后来自己也想明白了，没有勉强来的爱情。但他当众拒绝自己，这一点，令她无法面对大家。

　　她那时候变得异常敏感，只要别人窃窃私语，她就觉得是在嘲笑她。她说当时好恨陆展，想忘记他，甚至想要出国留学，把这段不算爱情的感情留在国内，重新去国外开启新生活。

但命运好像还没有让她跟陆展断了联系。

有一天，她花痴的表姐给叶茜发了一张偷拍的陆展吃饭的照片，表姐说："这是我们部门的实习生，小鲜肉，听说是你们校友。"

表姐在职场多年，三十有余，一会儿夸陆展工作效率高，一会儿夸陆展身材有料，还拍下陆展眉头紧锁的样子，说："好萌啊，姐姐的心都要化了。"

表姐每一次对陆展的夸赞和肯定，都是刺向叶茜心里的一把刀。

有一天表姐约叶茜吃饭，说心情太差，还没有表白就缘分已尽，小鲜肉要回东北老家了，他家里出了大事情。

叶茜心里咯噔一下，打听了陆展的事情，然后从胖子那儿要到了陆展的老家地址，决定自己去一趟哈尔滨。

陆展回来的第二周，她在他家附近租了房子。

她看着陆展每天早上从楼下的复印店抱一些宣传单，又偷偷打车跟踪他，发现陆展把那些宣传单一张张送到学生手里，可每次陆展一走开，那些宣传单很快被学生随手丢掉，根本没有效果。

于是叶茜偷偷去别的复印店，复印了更多宣传单，然后借女生的身份优势，混进大学的女生宿舍里去，一个寝室一个寝室地去发传单。

有好几次，她都被严肃的寝管阿姨追着到处跑。

而这一切，陆展是面试她那天才知道的。

Beautiful You

　　叶茜怕他不好意思，连忙摆摆手，解释道："我做这些，真的不是为了让你喜欢我，你就跟以前一样，当我是哥们儿。好兄弟嘛，有难同当！"

　　叶茜说话的时候，眼睛看着陆展，这个男人比当年读书时更硬朗了一些，可不过一年多的时间，他就沧桑了好多，眼神也没了大学时代的清澈，连他那么短的头发里，都有了好几根白发。

　　叶茜的眼泪忽然大滴大滴地落下来，怎么也收不住，不知道是委屈还是心疼眼前的这个人。

　　陆展呆立了一会儿，一把抱住叶茜，轻轻说道："谢谢。"

　　后来，没有太多的言语和承诺，陆展和叶茜在一起了。

四

　　叶茜在大学学的是市场营销，她使出浑身解数，吃了不少苦头，才让他们的外卖生意慢慢有了成绩。

　　到了第二年，陆展和叶茜已经在更靠近学校中心的区域租下一个门面开了家小餐馆。凌晨，陆展去菜市场买菜，叶茜负责打点生意，叶茜性格豪爽，很多学生排队都愿意等。

　　有时候夜深，叶茜看到同学们的微博，说到商场、下午茶、旅行，这些好像已经离她太遥远了，她也羡慕，可眼下是最关键的时候，看到熟睡的陆展，她心里还是挺满足的，日子虽然辛苦忙碌，却算得上苦中有甜。

2013年，他们的生意越做越大，在学校周围开了三家小店，但做餐饮太辛苦，叶茜建议，把这两家店卖掉，再开一家酒吧。

陆展想了想，觉得她说得挺有道理，于是答应了下来。

说做就做，他们找了半个多月，终于找到心仪的场地。

叶茜负责谈酒的代理和找酒吧的设计师，陆展负责跟包工头在工地盯进度。叶茜打电话托表姐介绍红酒的总代给她认识，而设计师，她找的是当时常常在他们餐馆吃饭的一个在建筑专业任教的老师，叫作吴为。

吴为是南方人，说起话来斯斯文文，但喝酒却爽快。因为聊得来，又算得上是旧相识，他便提出免费帮他们设计。

自此以后，三个人常常聚在一起整理想法，关于酒吧的设计和装修，关于之后的宣传，以及怎么有效地跟学生的需求结合。

聊到傍晚，点几个小菜，吃上一顿后又大喝几瓶烈酒，好不惬意。

可就在一切都逐渐明朗的时候，陆展突然接到母亲的电话，得知父亲中风了。

多少个日夜不眠，就是为了帮爸爸把失去的一切都要回来，如今父亲倒下了，做这些还有什么意义？

陆展积攒下来的所有压力和情绪都呼之欲出，想要爆发。

他看到自己躺在床上的父亲，泪水在眼眶里打转。叶茜劝他别泄气，忙完酒吧又赶来医院，不到半个月，人都瘦了好几斤。

也不知道是机缘还是作弄，那天陆展从医院出来，居然看到了曾经的初恋。

那就是以前他跟我提过的"雪花啤酒"。

其实他早就对这个"雪花啤酒"没有了兴趣，但看她穿得光鲜亮丽，而叶茜现在却每天忙进忙出，没有了以前的朝气和活泼，陆展突然觉得自己特别失败。

压力太大，他对眼前的一切都感到失望透顶。

没过多久，他便没有心思做酒吧了，他学会了抽烟，开始彻夜不归、酗酒买醉。

而叶茜呢？自从陆展的父亲中风后，她没有半分松懈，一直是医院和工地两头跑。她看着常常喝得醉醺醺的陆展，皱着眉头，骂了他好多次。

可陆展越看到她心力交瘁的样子，越是难受。

就这样浑浑噩噩过了半年，陆展父亲的病没有起色，陆展则变本加厉。有一天晚上，他照旧醉醺醺地跑到快餐店要钱。

叶茜红着眼睛，吼道："我一分都不会再给你了，你这个窝囊废。"

陆展听到那句话，像被雷劈中了一样，他没有想过，叶茜居然会骂他。眼前这个曾经苦苦追求他的黄脸婆，在这一刻竟然骂他是窝囊废。

那一刻，是恼怒还是羞愧，谁也分不清了。一股无名火冲到脑门儿，陆展跑进厨房拿出刀子，大吼了一声："我就是窝囊废，我活着有什么用！"

叶茜的眼泪唰一下流下来。当初她被陆展拒绝时都没哭得这么惨烈，她也是第一次感觉这样绝望。

她心目中的那个陆展，好像在某一瞬间，已经离她而去。

这时候吴为进来，被店里的情况吓了一跳，怕闹出人命，赶紧叫上厨师过来抢陆展手上的刀。

陆展血气上涌，怎么也不肯松手，还一拳打掉了吴为的眼镜，三个男人扭打在一块儿。一阵混乱之中，陆展手里的刀居然砍中厨师的后背。

血腥味、尖叫声、哭喊声，所有的东西混合在一起，搞得陆展头都要炸了。

直到厨师倒在了血泊里，陆展才打了个激灵，手里的刀哐当一声掉在地上。

叶茜被吓蒙了，好一阵子才回过神来，她哭着从收款台掏出了所有钱，扔在地上，尖叫道："陆展，你不用死，但是从今以后，我们一刀两断，我再也不会管你了。"

警察带走了陆展，判了刑。

他真的没再见到她。

后来的日子反而变得简单起来，但陆展的心理状态并不好。

他反复地陷入回忆中，悔恨、绝望。

他大约永远忘不了叶茜最后看他的眼神，太绝望了，绝望到陆展自己都清楚，有些东西咔嚓一声碎掉了。

在监狱的那段时间，陆展甚至开始期待，他掰着手指算探监的日子，期待叶茜来看看他。可她没来，自始至终都没来。

陆展的母亲去探望他，流了很多眼泪。他辗转踌躇了很久，才问："叶茜呢？"

母亲没有说话，把头扭到一边。

那一刻陆展心如死灰，他想，如果叶茜这时候离开他，他没有理由怪她。

可陆展不知道，叶茜从没有放弃过他。

在陆展堕落的那两年里，她一个人忙活着饭馆和酒吧，把自己搞得面黄肌瘦，常常站在收银台那里都能睡着。陆展父亲看病的钱，也全是叶茜攒的。陆展在监狱这一年多，叶茜还是三天两头去照顾他中风的父亲。

不是没有人追过她，可她是个认死理的人，她认定了陆展，也就一一拒绝了那些追求者。

所有的事情，都是在陆展出狱前夕，吴为告诉他的。

那天陆展的母亲也在，她说："叶茜那么好的姑娘，要成为我们陆家的宝，不应该再受苦了。"

悔恨的眼泪怎么也流不出来，在高墙里，陆展才明白，什么是后悔。

出狱的那天，他没告诉任何人，一个人去了酒吧。

那天叶茜正在招呼学生们喝酒，没注意到陆展。

陆展站在那里，发现她好像已经老了许多，再不是以前酒桌上咋咋呼呼要酒喝的那个女孩。可是，她现在却是他生命里最美丽的女人。

叶茜回过头来看到陆展，先是一愣，眼里是震惊，也是喜悦。

"你回来了啊？我都忘了今天你出……"

陆展打断她，点点头道："嗯，我回来了。"

两个人抱在一起大哭了一场。

陆展说，再也不能犯错了，要把余生所有的爱，都给她。

跟我讲完这个故事，脚边多了好多空啤酒瓶，眼眶里都是眼泪。

他们结婚前一天，我用随身带来的单反给他们拍婚纱照，他们笑得那么灿烂，无忧无虑，好像回到了校园，好像这些年的坎坷动荡，只是一场记不住的梦。

我拍拍陆展的肩："你啊，费尽千辛万苦才没错过她，要好好珍惜啊！"

至于他怎么追回她的，她捂着他的嘴，不让他说。可我知道，真正爱一个人，怎么会是一句"一刀两断"就真的能舍弃的。

陆展跑开去买水，我和叶茜聊天，问她："是什么支撑你在那样困难的时候，还愿意等他？"

她笑笑，细细的鱼尾纹爬上了眼角。原来，从入学迎新那天，他把

她的行李扛在他肩上的那一刻起，她就爱上了。没有道理，却就是爱情的
道理。

她说："你知道吗？当你爱上一个人，就不怕付出自己的一生。"

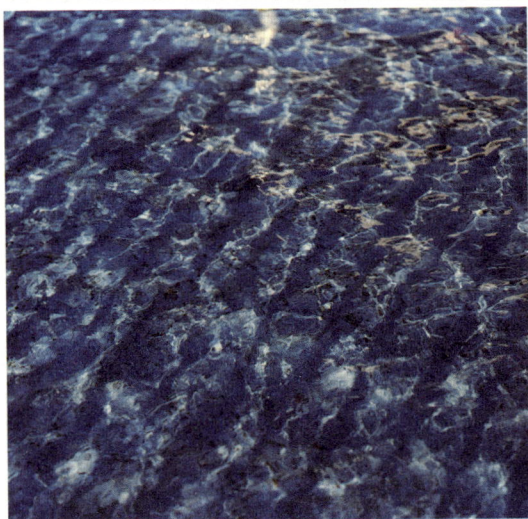

Diary

碎片影像日记

我喜欢将生活变成碎片的样子，这是未来的记忆，我们在图像中拼凑出当时的情绪。

当时的自己，当时无数个无所事事的夏天午后，我和这个城市相遇的情景。

"模仿那日有彩虹相伴的情绪。"

"我会在旷野放逐自己，怕你找到我。"

"时间无声，却泛滥岁月。"

"删掉一些情绪太糟的随身记忆。"

"每次眼泪都是成长的过程。"

"如果海洋无声，是因为我内心汹涌。"

"小时笔记的梦，从未丢掉。"

"只有简单的心通往快乐。"

"默许远方的世界是一种无瑕的守静。"

"没到过海边但你给了我一片辽阔。"

"交换彼此岁月筑起的堡垒。"

Never End

爱人会离开，

记忆会模糊，

原来在一个城市所留下的痕迹，也这么脆弱。

只是我回首来时路的每一步

一

去年六月，我在青岛见到了林粒，她从北京跑来，千里迢迢找我拍写真。

和这个年纪的其他女孩子一样，她阳光爱笑，非常活泼。

她跟我介绍说，她的大学是在青岛读的，可惜才几年时间，这里已经天翻地覆，再也没有从前的痕迹。她说这话的时候，眼睛有点红。

我知道，这又是一个有故事的女同学。

几年前宋冬野的《董小姐》红了，里面唱到"你才不是一个没有故事的女同学"，所以好像现在每个人都在叫嚣着自己也是个有故事的同学。

可很多时候，大家不知道，一个人的故事就像一件华丽的锦袍，下面藏着无数的虱子。你所看到的曲折，都是当事人字字含泪的叙述。

你看，就好像"传奇的女生"和"幸福的女生"，这两种人向来没多大关系。

那天的拍摄非常顺利，收工时，她突然提出要请我吃海鲜，我没有拒绝。

当天晚上的饭局定在小岛边，林粒其实也不认识路，那个地方是出租车司机带我们找到的。

我和化妆师到的时候，她已经点好了菜，大家喝着原浆啤酒，大口吃着海鲜。

不知道是青岛的啤酒太醉人，还是心里的故事太沉重，林粒吃着吃着，突然捂着脸哭了起来。大滴大滴的眼泪从她手指缝里流出，我和化妆师有点手足无措，坐在一旁不知说什么好。

她的哭声混合着咸湿的海风，一声一声地淌进了我的心，听着真悲伤。

等她慢慢止住了哭声，我才递了纸巾过去。

我不太会安慰人，也觉得一个人痛哭并没有什么丢脸的。古人说"积郁成疾"，她哭也是另一种疏解。

林粒擦干泪水，眼睛红彤彤，然后断断续续跟我讲起了她的故事。

原来，她这一次本来是要带着未婚夫来青岛拍婚纱照的，因为当年两个人说好了要在青岛拍照。

可是上个月，他们分手了。

说好的两个人拍照，变成了一个人。

说不难过那是假的，只是分手后，林粒直到现在才忍不住痛哭起来。

因为，她回到青岛，才惊觉这里一切都变了，那些她爱过的痕迹，都在城市的高速发展中消失。

爱人会离开，记忆会模糊，原来在一个城市所留下的痕迹，也这么脆弱。

我叹口气，沉下心，静静地听，去仔细回味很多再也无法回头的故事。

二

那是2008年夏天，林粒因为有一副好嗓子，被安排参加学校的校庆表演。

大北是她的同班同学，但林粒跟他并不熟。

彩排训练的时候，大北站在一群男孩子中间，红着脸吹流氓哨，还嚷道"林粒你真漂亮"，然后他的兄弟们开始叫嚣"在一起在一起"，一个劲儿冲林粒挑眉毛。

那时候林粒并不着迷于坏男生。她觉得大北的行为称不上表白，只显得脑残。

于是大北的表白以失败告终。

这必然是一个乏善可陈的爱情故事。

俗气的开头，也免不了有一个俗气的过程。

大北很会换花样，带着他一众兄弟，骑着好几辆摩托车去学校门口等她，还特别恶俗地拿了一捧玫瑰花。

林粒躲不过，接了那束花，脚一踮，手轻轻松开，玫瑰花稳稳当当落进了垃圾桶。

她拍拍手，对大北笑笑："三分球哦。"

大北的那几个兄弟看不下去，想拦住林粒，可大北被林粒那个笑迷得神魂颠倒，摆摆手，要他们让开。

当时他脑子里只有一个问题：要怎么追到这个女孩？

可惜谁也不知道。

事情的转机并不在大北身上，是林粒的爸爸帮了忙。

林粒偶尔会在家提起大北，当然不是什么好听的话。林粒爸爸突然叹口气，说他也是个可怜的孩子。

可怜？大北那小混混身上可看不出这个词。

于是林粒问："为什么？"

是那时候，她知道了大北的身世——大北的父亲是个花心草包，气走了他的母亲，母亲曾计划带他一起走，却被他的父亲扣了下来，于是大北的妈妈一个人离开了，从此再也没回来。

接下来大北的成绩变差，被小混混欺负，最后他发现拳头可以制衡拳头，于是一路打成了现在的混混大哥。

你知道的，这时候如果再让郭敬明来续写这个故事的话，必然有一个少女会来拯救大北。

没错，林粒觉得既然大北喜欢她，她一定可以让这个浪子回头。

三

"如果想跟我谈恋爱，就好好念书吧。"林粒是这么跟大北说的。

大北还以为林粒是在开玩笑，但看她认真的脸，好像又不是。

他一脸笑嘻嘻，说道："你是想拐弯抹角答应我了吗？"

林粒一抬脚，皮靴踢在了大北膝盖上。大北痛得捂着膝盖，龇牙咧嘴。

林粒狠狠拍了他一下，然后把他训斥了一顿。

林粒说："你以为你这样生活，就能报复得了谁吗？"

这话当然意有所指。

大北一听，先是一愣，然后明白了林粒知道自己的身世。可他并没有说话，只是深深地看了林粒一眼，就转身走了。

后来的日子变得平淡，大北没有再去找林粒。可林粒却按捺不住，有一天一大早，大北从家里出来，就发现林粒站在他家楼下。

"想追我，连这点耐心都没有吗？"林粒瞪他。

然后那个周末，林粒押着他去了肯德基，两个人拿着课本，鸡同鸭讲了一整天。

"这道题你看懂了吗？"

"你今天穿得真好看。"

"你看看你会不会算这个了。"

"你饿吗，我去给你买全家桶吧。"

……

第二天，林粒又准时出现在大北家楼下。

之后的每个周末，林粒都会出现。

大北总算在林粒的软磨硬泡下开始尝试着学习，他初中的时候基础很好，只是后来堕落了，当他隔了数年再接触这些难题时，还是有些困难。

但他看看林粒的笑容，又鼓足勇气，重新去面对那些习题。

少年男女最难以遗忘的，莫不是这样温馨的时光。林粒发现自己并不那么讨厌大北，大北皱着眉头去钻研数学题的时候，林粒偷偷看他，觉得他还挺帅。

"鼻子真挺。"林粒在心里小声嘀咕。

有一天，两个人从肯德基出来的时候，忽然下起了雨。

林粒和大北因为买了可乐和各种冰激凌，早就没钱打车了。大北望着越下越大的雨，脱下外套，挡在了林粒的头上。

那天，在大北修长的臂弯下，林粒恍惚闻到了男生身上少有的清香。

她只觉得阵阵眩晕。

回到家门口，大北看着林粒，眼神亮晶晶。

他的刘海儿早就被打湿了，雨水顺着额头落下，肌肉微微鼓起。林粒忽然心跳加速，踮起脚吻了大北一下。

那个吻浅浅的，不真实，像一朵雨花落在大北的脸上。

林粒涨红脸，转身上了楼，只留下大北一个人在雨地里傻笑。

高三这一年，大北的成绩突飞猛进，这其中当然有不少林粒的功劳。

"喂，你以后打算去哪儿念书啊？"晚自习回家的路上，林粒问他。

大北笑了笑，放在一年前，他才不指望什么大学呢，以他的成绩，大概只能读个很难的专科，但现在他终于敢说出自己的梦想。他顿了顿，然后说："我想去海边。"

是啊，他从没有看过海，他不知道那是什么样的。

人们常说，在见到大海的那一刻，会觉得一切都是渺小的。大北偷偷地想，去了那里，也一定会遗忘自己的过去吧。

林粒转头看了一眼大北，好像知道了什么。

然后她说："嗯，我也想去一个有海的城市，不如我们一起去考中国海洋大学吧。"

大北看着林粒，郑重地点点头。

但你知道，生活总是会给我们制造出很多不如意。

高考成绩单下来后，林粒的成绩非常好，足够报海洋大学，而大北，尽管他最后一年非常努力，可他毕竟已经错过了几年的学习，于是还是以微弱的差距错过了海洋大学。

他不是没有沮丧，只是林粒不断出言安慰，甚至提出愿意陪他复读一年，感动之余，大北想了想，最终决定在青岛读专科，陪伴林粒。

之后的那段时光，应当是两个人最快乐的时候。

林粒跟我叙述那段日子的时候，眼神都变得空灵遥远，然后露出一个神秘的微笑。

林粒和大北去海边，对着大海呐喊，两个人在沙滩上互相追赶，留下一排长长的脚印。大北抱住林粒，把她抛进水里，林粒尖叫着把大北也拉进了海浪。筋疲力尽后，两个人躺在地上，咯咯直笑。

这些快乐的时光，相比起后面的事情，总会显得单薄和短暂。

回到学校之后，林粒有诸多课程需要应付，而对于大北来说，混乱的学校风气才是毒药，像一面墙压得他喘不过气来。

有一天，林粒总算忙完了期末考试，她赶着去见大北。

可在他的寝室，只有数不清的没洗的衣服，和遍地的烟头。林粒打大北的电话，打不通。她无奈，只好捏着鼻子开始帮大北做清洁。

林粒从小可以说得上是娇生惯养，她几乎从没有做过这些事情。

等她把一切搞定，大北还没回来。她坐在寝室的椅子上等啊等，等到晚上快10点钟了，大北才和宿舍的一群人勾肩搭背地回来。

Beautiful You

"你干吗去了？"林粒直接问他。

大北没有发现寝室已经被林粒打扫得焕然一新，反而皱皱眉头，说："我和室友打游戏去了。"

"在哪儿？"林粒有些生气，显然问了个很蠢的问题。

"网吧呗。"大北不以为意地回答。

林粒张大嘴，正想说点什么，却无力地退出了房间，出门打车走了。

那天大北没有出来追她，他甚至还觉得林粒在室友面前太不给他面子。

是那一刻，某些东西发生了质的变化。

后来大北发来短信给林粒道歉，林粒没有回他。隔天，大北提着一盒外面买的鸡汤来见林粒，把满满的一盒汤塞给她。

林粒一抬脚，踹了大北一下。

看着他故作疼痛的样子，龇牙咧嘴，林粒才忍不住破涕为笑，两个人方才和好如初。

可后来林粒发现，自己生气根本不管用。大北好像又变回了以前自己不认识他时的样子，像高中时代那样叛逆。他每天都在翘课、通宵不回寝室、去网吧玩游戏，简直无所不为。

好不容易到周末了，林粒去找他，他也爱理不理，躺在床上补觉。

林粒和他争吵，叫他改过来，甚至想过和他分手。

但大北为了自己来到这里，自己又怎么能辜负了他？林粒犹豫不决。

大北抓着她的手，对她吼："我上了一个这么烂的学校，这辈子就这样了，还能怎样？"

林粒被他吓到，想要挣脱，可大北越来越用力，握得她手疼。

直到在林粒眼里看到了恐惧，大北才猛然醒悟过来，放开了手。

林粒那一刻觉得，大北变得无比陌生，哭着离开了他的学校。

四

大北并没有因为林粒的离去而收敛，反而变本加厉。

某天林粒正坐在宿舍发呆，大北打来电话，她欣喜地按了接通按钮。

"我被学校开除了。"这句话犹如晴天霹雳，直击林粒。

林粒着急地问他到底是怎么一回事。大北才告诉她，因为他在网吧上网，和别人起了点小争执，后来引发了斗殴，砸坏了很多电脑，还把其中一个人打进了医院，要赔不少钱，学校不得不让他退学。

那一刻林粒心如死灰，嘴里那句"分手吧"呼之欲出。可她没有，因为大北的声音听起来太过低落，她想想大北的过往，想想他怀揣的恨意，只想闭上眼，祈求自己能早日化解那些在他成长中堆砌的灰暗。

林粒打起精神来，问："你到底想怎么样？"

"不知道。"大北这么一回答，林粒就哭了。

可怕的不是你深陷泥沼，而是你陷入泥沼而不自知，没有一丝求生的欲望。

林粒深吸一口气，让自己平静下来。她是个认死理的人，决定了是谁，就愿意和对方坚持，去践诺"一生一爱"这个誓言。

之后她把自己所有的私房钱给了大北，又东拼西凑，才凑好一大笔钱，让大北赶紧把这些钱送去医院。

她求了大北很久，劝他振作起来。大北勉勉强强地答应了下来，也不知是不是只为给她安慰。

林粒思来想去，想着大北之后何去何从。最后无奈，只好给爸爸打了一个电话，求他让大北进自己家的小公司，帮忙打理。

林粒爸爸多多少少知道一点林粒和大北的事情，他原本是反对的，但想到大北父亲，以及他可怜的身世，也就睁一只眼闭一只眼了。

可这次大北居然被退学回家，林粒父亲有些犹豫了。

大北回到家乡，林粒的爸爸约他出来吃了一顿饭，两个大男人嘛，酒杯你推过来我还回去，最后林粒爸爸很严肃地问道："小子，你对我们家林粒是不是认真的？"

大北愣了一下，然后低低地点了一下头。

林粒的爸爸并没有放松，又问道："那你回来之后，有没有信心跟我好好干？"

大北沉默了一下，然后说道："有。"

这时候，林粒爸爸才展现出一个若有似无的笑容。

大北回老家那年，林粒大三。说好了他会等她。

可实际上呢？

大北刚开始上班的时候，还能规规矩矩每天去打卡。后来，当看到自己领到的一份份微薄的工资，他大概觉得工作并不值得自己这样付出，于是又开始胡作非为起来。

他无所事事，反倒变本加厉，跟混混搅在了一起。

林粒的父亲出面教训他，他反而觉得对方是多管闲事，和林父大吵一架，辞职了，搬了出来。

林粒一方面自责，觉得自己太优秀，给了大北压力，但看到日渐消沉的大北，林粒又觉得自己只有更努力，才有可能让彼此更好。

过年的时候，后知后觉的林粒见到了大北，看到他骨瘦如柴，便问他怎么了。

大北眼神发亮，说自己只是最近缺钱，其实并没有什么。

林粒心里陡然生疑，几经盘问，才知道他每天赌博。几十块钱一场的输赢，他有时候一小时就能输几千。

"粒粒，我会赢钱的，我会赢好多好多钱，然后娶你回家。"大北居然兴奋得手舞足蹈。

那天大北小赚了一笔钱，点了满满一桌子菜，可林粒心怀惶恐，食不甘味。

后来林粒知道了大北每天去赌钱的地方，知道他可能轻而易举就能输掉几万块钱，她心里不由得害怕起来。

偶尔输钱的时候，大北甚至会打电话叫林粒凑钱送过去。

他跪在地上，求林粒不要放弃他，给他一次机会。

林粒相信了他。

可有天半夜，林粒又接到大北的电话，他让她赶紧跑去自己租的房子。他跪着求林粒，让她再帮他凑一次钱，不然债主找上门来，会要了他的命。

林粒泣不成声，她第一次意识到自己和大北的这场感情如此绝望，而且无法拯救。

她跑到街上，左右为难，甚至想到要不要去偷自己父亲的钥匙，因为她知道家里的保险箱还有很多钱。

但就在这时，她碰到了大北的爸爸，他们只远远地见过几面，林粒和他并不熟。可这次，林粒一下子没忍住，走上前去，放声大哭，她说："叔叔，你快去看看大北吧，求你把他带回家，他现在已经堕落得不像样了。"

大北的父亲先是惊诧，回过神来才询问林粒到底发生了什么事情。

他听林粒抽抽搭搭说完所有话，拍拍林粒的肩膀说："辛苦你了。"

林粒却陷入惶恐之中。

实际上，她的不安是有道理的。

当她带着大北的爸爸出现在大北面前的时候，她大概一辈子也忘不了大北仇恨的眼光。

他喊着林粒的名字，说："林粒我一辈子都不会原谅你的，林粒，×你大爷的，我一辈子也不想见到你。"

林粒就好像被一道闪电击中，她慢慢蹲下身来，在大北住的地方哭了好久好久，曾经那么阳光帅气的男朋友，变成今天的模样。

她一边哭，一边帮他收拾脏得不行的"家"。

大北被他爸爸关在家里，他冷静之后，才后悔自己对林粒说出了那样的话。

他求父亲原谅他，然后坚持要送林粒回青岛。

林粒父亲也提出跟她同去，可林粒拒绝了。

在火车上，林粒正在睡觉，却忽然听到大北的呼救，她慌忙醒来，发现大北竟然被警察抓住，原来他偷了其他乘客的钱。

林粒慌了，跪下来求警察，说他有病，请让他们下一站下车，林粒在众目睽睽下，第一次跪下来求情，跟失主求情跟警察求情。

妈妈的电话打过来，问林粒："到学校了吗，一路上和大北聊得好吗？"

林粒咬着牙，忍住泪水，没敢告诉她这一切。

回到学校后，她犯了傻。

当着大北的面，林粒在自己的手腕上划了两道口子，她说："你再犯一次，我就多一道口子，不知道哪一次就中了，永远再见。"

大北吓哭了，一直跪下来跟她叩头，额头碰破了皮。

回到家乡后，大北主动跟他爸爸好好谈了一次。

他说了这些年的恨与痛，说自己有多想妈妈。

大北的父亲没有说话，只是一支接着一支地抽烟。良久，他转头深深地看了大北一眼，说了一句："我对不起你。"

那时候大北特别想哭。

这些年来，他不是不恨的。

只是他忽然发现，自己恨了这么多年的爸爸也老了，头发里冒出很多白发，眼角也有了皱纹。

后来大北在家里的安排下找了另外一份工作，开始努力生活。

一年后，林粒因为成绩优秀，被老师推荐到北京的一家公司上班。林粒很珍惜，做外贸，实在有太多太多的机会。

大北想了想，最终告诉林粒，说自己也要来北京。两个人总算重归于好。

林粒去机场接他那天，发现他真的变好了很多，胡子修剪整洁，穿着得当，再也不是以前那个颓废的模样。

　　林粒想起好几年前，第一次见到大北的时候，他也是这样，站在一群小混混里，干净漂亮，根本是鹤立鸡群，只是他不自知而已。

　　他大概本来就是一块璞玉吧。林粒想。

　　那天，两个人在机场深深拥吻，来来往往的人们都以为这是一对热恋的情侣，看起来像是经历了生离死别，林粒和大北自己清楚，他们的爱的确险些写成"生离死别"四个字。

　　此后，林粒和大北成了北漂，有了爱的小屋。

　　大北变得很勤快，晚上帮忙收拾房间，帮林粒捶背按摩，在林粒的推荐下，大北去林粒的公司成了一名销售。

　　凭借好的外表和口才，大北很快有了自己的客户，也颇受领导赏识。

　　故事讲到这里，接下来应该是两个人携手到老了。

　　可林粒反而哽咽得说不出话。

　　我问她："那到底是什么事情让你们分了手？"

　　林粒闭上眼，深深地吸了一口气，想让自己平复下来。可刚刚张嘴，整个人又控制不住地发起抖。

　　她说，她永远不会忘记那个下午。

　　她说，她永远不会忘记当时的心痛。

　　林粒那天午休的时候身体不舒服，就请了假在休息室里小睡了一个多小时。她盘算着什么时候能和大北搬得更近一些，想着晚上回家做什么菜。

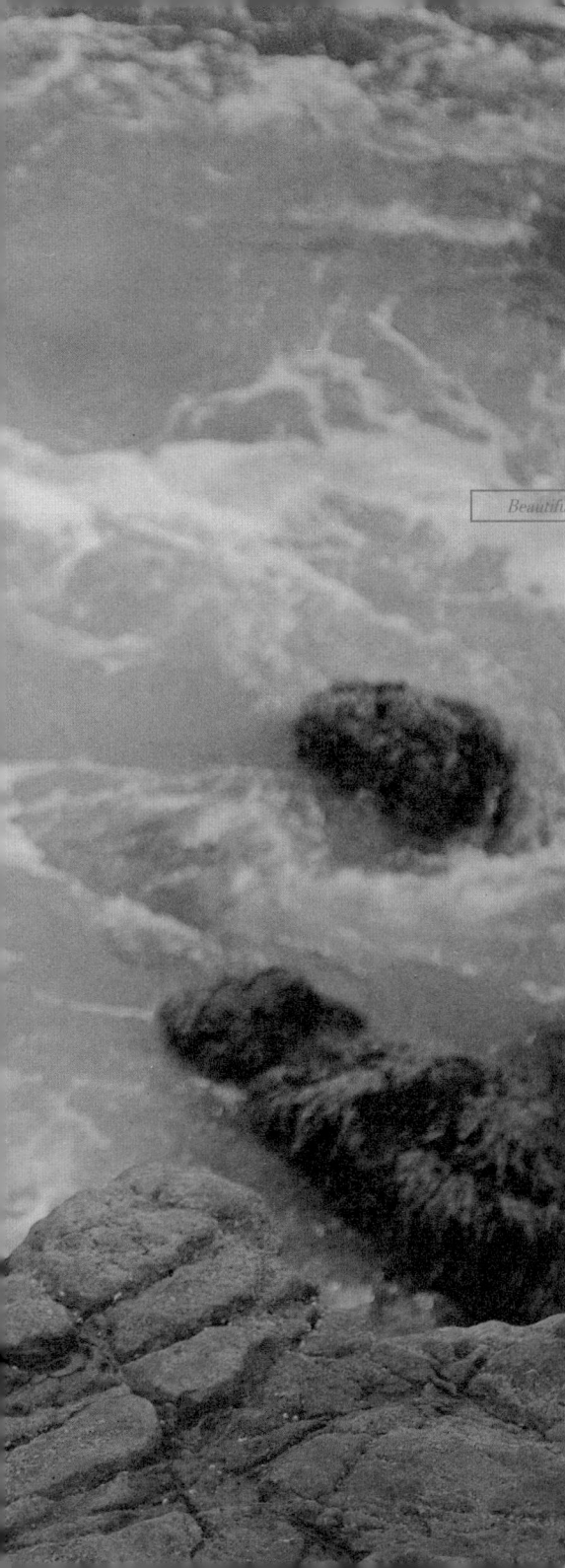

可她睡着睡着，忽然被一阵笑声吵醒。

因为当初建筑设计的原因，林粒从沙发处可以看到外面，外面的人却看不到里面。她看到大北搂着一个小女生，正兴奋地在调笑。

那个女生是跟大北同一个部门的。那一刻，林粒像被雷击中了似的。她一不小心踢翻了一旁的垃圾桶，然后捂着嘴从另外一个出口逃了出去。

在卫生间的隔间，林粒失神了。

她知道大北劈了腿。

可让她更绝望的，是那天她在卫生间里偷听到的话。

"你知道外贸部门的那个林粒吗？"

"知道，怎么了？"

"她真可怜。"

"啊？什么什么，快说来听听。"声音透着窥探的兴奋。

"她那个男朋友，和自己部门的人勾搭上了，她还不知道，两个人都已经商量好了，决定自己出去单干了。"

"啊，那她知道了岂不是伤心死？"

…………

后面的话林粒没有听清楚。她在隔间里坐了很久很久，确定没人的时候才走出来。

她看着镜子里的自己，眼睛不自觉地红了。

哈哈，真失败啊。自己的人生规划里，有对方，对方的却没有自己。自己拼命读书操碎了心，人也沧桑了很多，当然不如小姑娘美。

可又有什么办法呢？已经变心的人，恐怕再也没办法回头。

那天晚上，林粒问大北："是真的吗？"

大北已有所感，犹豫了一会儿，也没有多掩饰，点了点头。

林粒那时候心很疼很疼，可她没有歇斯底里，只是冷静下来，连夜把行李收拾好，准备第二天回家。

她有种解脱感，她终于可以放手了。

我问她："你后悔吗？"

林粒摇摇头说："不后悔。只是来时路上的两个人，最终却自己松开了手，让我觉得太心疼。"

一时间，我不知说什么才好。

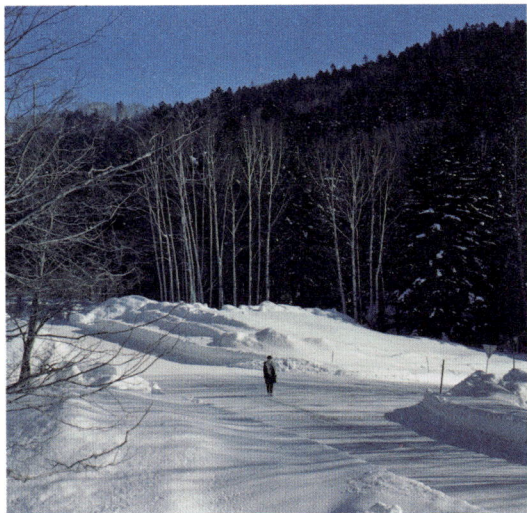

Diary

爱情的模样

Hey，你那里降温了吗？

前几天朋友恋爱八年的男朋友劈腿，于是两人分手、分居。

几个好朋友陪她去宁波玩了一圈。

大家欢声笑语，开开停停。找陌生公路的出口，追赶落日的脚步，好像一切都没发生过。

晚上大家吃大排档，酒精起了作用，朋友忽然崩溃了。

她泣不成声："我是不是哪里做得不好？他竟然不爱我了。"

有女生走过去抱着她低喃着："没事了，过去了。"

全场沉默。

爱情应该是这个世界上最难以描述的东西吧，因人而异。

明明他没有长成你喜欢的样子，你却觉得找到了一直想要的人。

明明你觉得你成了他心中最好的样子，他却喜欢上了另一种模样。

但不管怎样，日子是要过的。

因为关于未来，两个人总好过一个人。

愿你和另一半，彼此相爱。

那天分别的场景是怎样的呢?

时隔多年,我怎么也想不起来了。

好像很多东西都改变了,却又好像什么都没变。

我总会等到姗姗来迟的你

Chapter 4

一

转眼，青春时光已然过去，2005年的夏天好像就在昨天。

那时候《超级女声》风靡全国，徐清清剪掉了留了五年的长发，穿着紧身的皮裤，头发染成爆炸的金黄色。

她来找我的时候，我正在家里弄头发。

"呵呵，你的头发像什么？"她对着我笑。

我瞥了她一眼："别说我了，你就像一只火鸡。"

她翻个白眼："你懂什么？这是模仿我的偶像李宇春。"

是的，当时的超女火遍南北，芒果台可以说得上是全国娱乐业的新曙光。徐清清这种女孩子，不学无术，像是职业追星族一样。

其实我也好不到哪里去。

韩流是中国当时另外一股娱乐热潮，我穿的松垮牛仔裤，恨不得把整个屁股都露在外面，没有露出内裤边，都不好意思说自己穿了内裤。

那时候我还做锡纸烫，我的发型常常被徐清清嘲笑，她说我的头发像被雷劈过似的，带着烧焦的气味。

我横了她一眼："电视剧里的明星都这样！这是潮流，我是弄潮儿。"

"呵呵。"徐清清数年前就洞悉了"呵呵"这一词的用法，在别人还拿着这个词当"哈哈"用时，她就知道这是在冷笑了。

"李宇春就是男人婆。"我小时候也不懂"要人性命也不能要人家爱豆性命"的道理。

于是我换来惨痛的教训。徐清清毫不客气地和我大干了一架。

隔天，我鼻青脸肿地去上课，徐清清带着几个"玉米"前来，瞪着被我打得乌青的眼睛冲我吐口水。

对方人多势众，我乖巧地站在那里不说话。

"你知道春春她有多努力吗！她就是我们的光！我们的青春因为她而闪亮！"徐清清咬牙切齿地对我说。

我听得只想翻白眼。

可她越说越激动，最后不知道为什么，眼睛居然泪光盈盈。

是因为她的喜欢不被我理解吗？直到很多年后我也没有问她这个问题。

但我当时还是害了怕，搓搓手心，拍拍正在徐清清旁边安慰她的两个女生的肩膀，又不好意思地看着徐清清，发出一阵淫荡的笑声："嘿嘿嘿，我请你们三个吃巧克力甜筒。"

这就是我稚嫩的青春，我和徐清清的2005年。

如果要我具体说我和徐清清是哪天认识的，我恐怕说不出一个所以然来。

我们不是邻居，只是同学。可我们一开始并不熟，个性非常合不来的两个人，却好像在某一天，忽然就发展成逾越男女之情，结伴去小卖部买零食的关系。

当时我们常常吵架，吵架的理由千奇百怪。

比方说我觉得年轻漂亮的音乐老师应该穿粉色才好看，徐清清却不以为然地告诉我，年轻的女孩子该穿蓝色才行。

"你怎么知道，你又不是她。"

"因为我是女生，我了解她。"

"我还以为你跟李宇春一样是个男人婆呢。"

于是两个人又吵得不可开交。

可吵完架，我和徐清清又笑嘻嘻地聚在一起，考虑这一天该谁抄作业比较好。

二

整个初中时代，我和徐清清是最好的朋友。

我们一起划拳定输赢，然后让对方承包一周的英语作文。或者是想法设法要对方帮忙洗寄宿学校时囤下的不少衣服。

当时的关系多纯洁，丝毫没有意识到这样有什么危险。

倒是班主任，旁敲侧击好多次，要我们俩保持距离。我们一出办公室，又笑嘻嘻地凑到了一块儿。

高一时，我又很"不幸"和徐清清分在了一个班上。

入学第一天，所有人都到教室上晚自习了，老师正依次点名，让每一个人做自我介绍。我侃大山，正说得兴起，徐清清提着一个娘里娘气的碎花包包姗姗来迟。

她一声报告，吸引了所有人的目光。

我站在讲台上，忽然涨红了脸。心里暗暗地想："这个心机鬼是不是故意最后一个到教室的？"

不知是从什么时候起，我和徐清清一起出去的时候，偶尔会遇见男生吹着口哨叫她"校花"。我愤愤地想，这些人一定都是瞎子。

徐清清对李宇春的狂热渐渐消失，她的头发成了正常的黑色，也慢慢长长，而她好像吃了什么药似的，脸上的五官慢慢长开。

我瞪着她，觉得自己眼睛是不是太小，居然装不下这个大美人。

Beautiful You

后来开始有男生到我们班来递情书，开始的时候我还能招架一两个，但后来，一些高年级的学长也来了，在威逼利诱下，我成了徐清清的"情书中转站"。

天气晴好星空明亮的夜晚，我约徐清清到教学楼后面的小公园。

她问我有什么事情。

我笑嘻嘻地把学长们的情书递给她。没想到她看都不看一眼，直接丢进了垃圾桶。

我瞪大眼睛，有些为难。

她回头看了看我的表情，忽然发出一声似有若无的叹息，然后跟我说："告诉他们我收到了就行。"

那神情淡漠的样子，让我一下子明白为什么这么多人追求她了。

我把她的话告诉给了学长，学长们面露喜色，之后常常拿着各种早餐托我送给徐清清。不知道为什么，我心里有些生气，但还是给了徐清清。

但徐清清好像没有食欲似的，把三明治、草莓蛋糕给了我，说："你吃吧。"

托那些甜食的福，我在青春期发育得很好，此后的肥胖大概也是那时积压的脂肪和糖分在发酵。

徐清清开始努力学习，和初中时的吊儿郎当完全不一样，我也不知道为什么。

不过既然她都在好好学习了，我凭什么让步？于是我也加紧用功，每天挑灯夜战。

后来她突然眼神发亮地跟我说，她要成为学生会的人。

我想起学生会，想到学生会主席那张帅气好看的脸，忍不住说道："你是想成为学生会主席的人吧。"

徐清清转过头，眼睛里头一次出现真实的愤怒，然后毫不客气地给了我一拳。

后来有一天，徐清清很兴奋地告诉我，她要代表全校学生发言啦。

我瞪了她一眼："你高兴个什么劲儿，上台就能被全校同学认识吗？"

徐清清没说话，低头接着捣鼓她的作业。

校庆那天，她作为学生会主席，准备好发言稿，然后代表全体同学讲话。

我站在下面心有戚戚焉，觉得她离自己越来越远，她的光芒让所有人无法忽视。

她在台上，好像有意识地看了我一眼，还自以为调皮地眨眨眼睛。我翻了个白眼，做呕吐状。

但接下来发生的事情谁都没想到。

徐清清拍拍话筒，确定广播系统没问题之后，忽然手一抬，把几张演讲稿撕得粉碎，撒得到处都是。

全校的师生还没缓过神来，她便道："同学们，你们知道我今天为什么站在这儿吗？"

下面的人鸦雀无声，大家都知道会有什么事情发生。

徐清清那天揭发了老师收学生家长红包的事情，说出了英语老师和刚来的实习生不顾影响在操场上卿卿我我的事实，最后她还说，某某体育老师，总是对女同学动手动脚。

等老师们想起来准备制止她，下面的学生早就起哄把老师挡在一边，让徐清清接着说下去。

"我们学校的风评为什么会这么差呢？大家为什么都觉得我们学校的学生是坏学生呢？"徐清清越说越激动，"都是因为大家在漠视，在纵容！"

这场大会最终变成了一场闹剧。

徐清清跳下演讲台，跑进学生群中开始欢呼。

我看到她好像对角落里的某个女生做了个手势。

我忽然想，她是不是为了替这个女生报复那个咸猪手体育老师？

我当时并不确定，但我十分肯定：徐清清，你要完蛋了！

三

果不其然，那天徐清清神秘消失了。

起初大家还会议论，讨论这个校花英雄去了哪里，大家都在赞美徐清清相由心生，我却觉得任何的话都词不达意。

一周过去了，第二周也很快过去。

大家对徐清清的讨论开始变少，总会有这样或那样的事情转移大家的注意力。

可我的脑袋里那根弦却紧紧绷着，一刻也不敢放松。

第三周上课的时候，晚自习下课，我忽然看到一个熟悉的身影。

徐清清的妈妈！

我叫她，说："阿姨好。"

徐妈妈低低地点点头，神情有些哀伤地进了教室。

我停下回家的脚步，好奇地回头望，然后看着徐妈妈走到徐清清的课桌那里，替她收拾东西。

哦，我那时候才知道，徐清清被开除了。

我愣了一下，赶紧又跑出教室，然后拉住每一个班上的同学，告诉他们徐清清的妈妈已经回来帮她领走课本了。

那天，我们班上的每一个人都在排着队送徐妈妈，徐妈妈最后深深地给大家鞠了个躬，那形式真像不太吉利的送别啊。

我听到一些女生的哭泣，还有男生的叹息，然后忽然红了眼。

最后，天已经很晚了，大家散去，我跑下楼给徐妈妈送了一塑料袋的情书和蛋糕，还说："把这些还给徐清清吧，这些都属于她。"

晚上我就收到徐清清的信息，她在信息里大骂我傻×。

我踌躇了一下，说："今晚我来找你好不好？"

徐清清不知所以："你不是住在学校吗？"

我说："我总有办法来见你。"

那晚我决定翻墙出去找她。

那是我人生中第一次翻墙，没出息得吓到差点尿裤子。

肥滚滚的我从围墙上掉下来那一刻，忽然觉得，自己真的说不定会摔死，但我当时想，就算摔死也不怕。

等我跑到徐清清家里的时候，她竟然在看电视！

我大怒，说："你为什么不伤心啊？为什么不复习啊？到了现在，为什么还有这样的闲情逸致啊？"

徐清清不搭理我，我更生气了，冲过去把电视的插头拔掉。

她都没正眼看我，对着黑屏的电视说："你看吧，这就是我接下来的人生，已经剧终了。我不能参加高考啊，我复习个鸟粪啊。"

我那时候好想哭，却骂道："都是因为你干了这么傻×的事情。"

"呵呵，"徐清清横了我一眼，"那些被体育老师摸了的女生就是活该吗？她们就该忍气吞声吗？既然没有人敢说，那我来帮她们说。"

我知道，徐清清用最傻×的方式做了一件牛×的事。

"这就是学校那些人渣对我的处理方式，他们在大家都开始把我忘记的时候才敢赶我走。"她接下来说了一大堆很肮脏又很有道理的话，我被逼得无言以对，甚至只能同意现实中我们遇见过这些黑暗面。

我大概永远不会忘记，那天晚上我一直在点头。

直到最后，徐清清说："宿舍要关门了，你快回去吧。"

我没回去，我说："我们喝酒庆祝一下，电视里都是这样的。"

于是，徐清清偷了她爸爸藏的好酒，我们俩一起出了门。

走在路上，徐清清忽然抓住我的手飞快地跑起来，我脸红心跳，手心里全是汗。我们俩跑到学校后门，一边喝酒，一边破口大骂来解气。

在我都快要为我们的革命友谊哭出来的时候，徐清清忽然拉着我，问我到底喜不喜欢她。

我整个人都要晕过去了。

我喜欢吗？喜欢吗？喜欢吗？

喜欢。

可当我正在犹豫是否要开口时，一束明晃晃的光直刺向我们的双眼，是保安的手电筒光——感觉双眼快要被闪瞎。

我拉起徐清清的手，叫一声"快跑"，两个人冲进了黑暗中。

可徐清清这个没出息的，没跑三步就掉进了旁边的臭水沟子里。我们的行踪暴露了，徐清清抬头跟我说："文子，你快走吧，你被抓住了会受处分的。"

我当时恨不得一巴掌拍在她身上，但我忍住了。我恶狠狠地说："滚，有这样当朋友的吗！"

我说出"朋友"那句话之后，徐清清好像被什么刺了一下。她推了我一把，说："快走啊。"

我还没来得及反应，学校的保安已经冲上前来。

之后，我被警告处分，班主任通知我的父母来学校签字，那天我和徐清清站在办公室外面，我想对她笑笑，想回答那个问题，却露出一个比哭还难看的表情。

我爸爸从办公室出来时，毫不客气地给了我一巴掌。他和我妈确定我不再和徐清清联系后，才走掉了。

那天分别的场景是怎样的呢？时隔多年，我怎么也想不起来了。

四

后来，我顺利参加高考。

两个月后，我考到北京读大学。辗转多处，我才找到已经搬家的徐清清。

她没有接着读书，我告诉她我之后要去北京。

她拍拍我的肩膀，故作亲昵地夸我："小子，混得不错啊。"

但我那时候忽然明白，我和她已经咫尺天涯。

徐清清告诉我，她即将去长沙的一家咖啡馆打工。

我"哦"了一声，两个人陷入尴尬的沉默。

开学前，我要离开家乡时，我去找徐清清。

那天天气似乎不太好，但又出奇地暖和。阳光把整个世界变成了黄色的，可是，又夹杂着少见的大风，真是一个诡异的天气。

徐清清站在风里，灰尘扬起来让我睁不开眼睛。她低着头，小声地说："忘掉我这个朋友吧。风水轮流转，你接下来是要一天天发达了，等待我的就是退步和重复。"

我很想骂她，可不知道为什么，又觉得好悲哀。

大概是沙子吹进了眼睛，我的眼泪止不住地流。害怕被她看到我这么没有男子气概的一面，我捂着脸，一路"呜呜呜"地跑回了家。

我不知道，这一别，竟然是五年。

中间很长一段时间，我都打听不到徐清清的消息，

她很好强，说一定要把风水转回去。

我只觉得又气又急，恨自己当时没把话说清楚。我很想她，可她却不知道。

时间一天天过去，我也有我的生活要过，寻找徐清清的事情被我抛在脑后，只是夜深人静时，我独自躺在床上，偶尔也会想起当年我们一起玩耍的时光。

直到上个月，moon原创产品"不止"手机壳在众筹网上线。

有一个人竞拍到我们最贵的一个产品，她跟客服说，她想送给青春岁月

里逐渐消失却能彼此联系的朋友。

　　客服跟我说了这件事情后，我有些惊讶。像有预感似的，我找来了这个顾客的联系方式和姓名。

　　徐清清。

　　在看到那三个熟悉的字后，我激动得老泪纵横。

　　我假装不知道这件事情，暗地里却拜托长沙的朋友去查徐清清留下的地址。

　　原来她已经在长沙开了三家英语培训机构。

　　失踪五年，自学成才，去国外留学，回国后自主创业。

　　她是不是暗暗筹谋，想某一天出现在我面前，对我说："风水又转回来了。"

　　而现在的我呢？

　　我不再是那个给徐清清递交情书的小毛孩，我总算因为长期奔波慢慢瘦了下来。

　　好像很多东西都改变了，却又好像什么都没变。

　　就像加班赶专栏的夜里，我在灰暗一片的QQ头像中找到她给她发一个笑脸。

　　三秒后，她回复我："我一直在。"

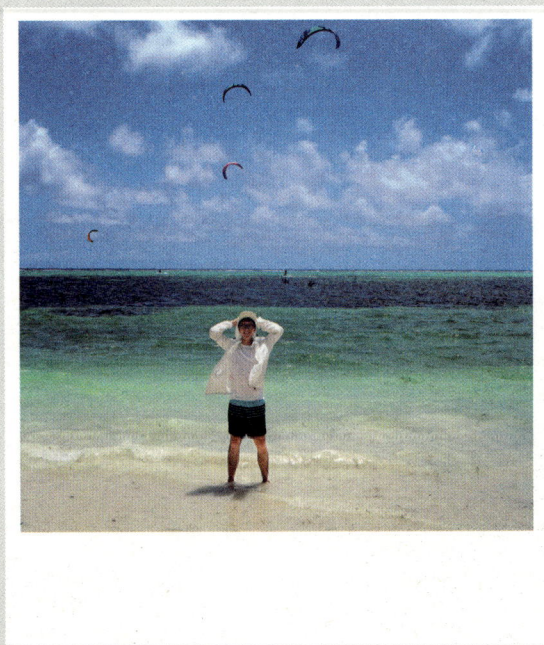

Diary

这些那些，无所事事的才是夏天

记得有一个朋友曾经跟我说，他特别喜欢夏天，他对夏天的形容，是我至今听到过的最美好的描述，以至于现在的我都开始改变了对夏天的看法。

他说：我喜欢夏天午后的街道上少有人走动，我穿着夹脚拖鞋发出嗒嗒的声响；喜欢喝着冰啤酒坐在街边，看整个城市像冰激凌融化了一样黏黏的；喜欢穿白T恤；每天都穿一件崭新的白T恤；喜欢傍晚灯火昏暗的西瓜摊。

喜欢那一年的夏天，喜欢夏天的记忆。

这个在遍体鳞伤过后，

依然有勇气向前奔跑的女孩，

在这一刻，在我们每个人的心中，都闪闪发着光。

好姑娘光芒万丈

Chapter 5

一

　　露露是我们一群没有正经工作的朋友圈里唯一一个有正经工作的人，她在大学教体育，但这里面数她最不正经，所以大家都当她是好朋友。

　　露露这个名字跟她本人一点也不配，她是当年体校的篮球女王，作为前锋，她在篮球场上出尽了风头，迷倒了众多男男女女。但露露的看家本领是掰手腕，当年横扫体校，多少男生都是她的手下败将。说到这里，其实也不难猜测了，她嘴里的风光大学生活，事实上悲惨得一败涂地，班里19个男生，竟无一人跟她表白，令她想不通的是，班上比她胖20斤的潘云云在临近大四时都被隔壁柔道专业的人追走了。于是她成了毕业前班级里唯一的剩女，这让她颜面扫地。

　　她总结自己输给潘云云的原因是潘云云这个心机妞最擅长在男人面前撒娇，说起这个她就来气，一掌拍在桌子上，三个水杯，两个杯子里的水震出来一半，另外一个杯子掉在地上，碎了。

二

露露做梦都想把自己嫁掉，在24岁本命年那年，她许下心愿，如果她能遇到真命天子，她愿断食一周。

苍天开了眼，她生日后的第二周，我们去杭州郊区度假，在路上，碰到一辆保时捷抛锚，需要人手推车，露露二话不说，侠义相助，推着人家的车噌噌噌往前跑，自己摔了个狗吃屎。开车的是司机，车的主人从后座下来，非常温文尔雅地要走了露露的微信，露露春心大发，抱着手机跟人家聊了一路。

晚上我正在洗澡呢，露露狂踹我的门。她说自己刚刚在酒店的餐厅，碰上了下午的车主，别人跟她打招呼时，她面前正摆着三份烤肉和两盘果盘，嘴巴里还拼命地吃着面，她越说越抓狂，捂着被子哭了一个晚上。

车主叫小西，杭州人。说是想去美国深造，不愿接受家族产业而跟家里闹别扭，来山里度假。小西算不上帅气，戴着眼镜，白白净净，温文尔雅，加上家境优渥，礼貌有加，也算是上流人士。谈到感情观，他说他不喜欢那些娇滴滴的女孩，不真诚。旁边的露露，一边吃肉一边点头。

一个月后，露露坐着那辆保时捷来工作室接我，所有朋友都不相信，就这么一个推车的工夫，露露这只胖乌鸦飞上枝头当了凤凰。从此以后，他俩开始了恩爱之旅。小西跟我们一起喝酒，她总是抢着替他喝，说他咳嗽不能喝，说他胆固醇偏高不能喝。我约露露下午茶，他说她在健身，蛋糕太甜，会前功尽弃。

小西喜欢读书，杭州的很多独立书店都被他踏平了，闲来没事便去阅读，露露说："好巧啊，平时教学生体育课，有空了我都去图书馆看书的。"我哑，事实上每次上完体育课，她都在群里约我们去不同的餐厅胡吃海喝。如果我们都忙，她就一个人去健身房，在跑步机上走到出汗，赶紧美颜自拍，然后再把自拍照发给我，让我把她修成网红脸，她再发在朋友圈。后来她告诉我们，之所以愿意去健身房，是因为有一个90后的小教练，那桃花眼那流汗后凌乱的刘海儿加上那八块结结实实的腹肌，都让她无法自拔。她花了钱请他当私教，每次教练摸着她的手，纠正她做器械的动作时，她都幻想出一些不太可能发生的床戏，她的口供是此教练帅到让她愿意放弃她的男神彭于晏，她发誓要赚更多的钱跟这个教练结婚。

但这个花心的女人，在遇到小西后，就再也没有去过健身房了。她说她最喜欢阅读，所以经常和小西一起去一些与她气质极其不符合的书店，她假装找一些哲学的书读，哈欠却像喷嚏一样，一个接一个。好几次都借上厕所的名义给我发微信："文子，快救救我，怎么才能读书不打瞌睡？"

三

　　为了跟对方更亲密一些，干出这样"虚伪"的事情一点也不算什么。但她说要进军厨艺界，真是让所有人都大跌眼镜。起因是小西在日本留过学，无意间发感慨说怀念日本的寿司，她便偷偷报了上海的私教日料班，重点是她人在杭州，她非得做作地去上海，一周两次高铁，乐此不疲，原因是上海的老师是日本厨师教课，杭州的老师她信不过。

　　试想，她一个181厘米大块头的篮球选手，跟几个主妇一起卷寿司，是多么奇怪的排列组合。但这就是爱的力量，她为爱所做的改变，还远不止此，有一天她给我发了个红包，跟我撒起娇来，她想跟我们工作室的化妆师学化妆和搭配，求我成全。

　　小西因为工作关系，经常需要参加各种酒会，露露也想去一次，但她拼命瘦了一个月，还是穿不进去最大尺寸的裙子，最后在小西的建议下，她定做了一套男生西服，戴着墨镜，站在小西旁边，像极了一个保镖。回来的时候，露露哭惨了，她说好多着装暴露的女人跟小西放电，她快要窒息了。

　　任凭我们怎么安慰都没用，小西回来后说了一句："傻瓜，别伤心了，你和她们不一样，你自然美。"这个傻女人便破涕为笑："走，撸串去。"她一把就把小西抱上肩膀，扛进了电梯。

　　就这样，恩爱了一百天时，小西提出带露露回去见父母，我们每一个人都觉得太快，因为露露根本没准备好。

露露在群里发出求救信号，每一个人都给不出更好的办法。她也感到了前所未有的压力，她真的断食了一周，饿晕了好几次，我们每个朋友都为她捏着一把汗。

小西的别墅在转塘，离市区有点距离，但是空气极好，有专门的保安开门，有专门的阿姨帮忙拎包。真是大户人家啊，露露心想，但表面上她假装镇定。见到小西的母亲，她叫了声"伯母好"，对方正在接电话，给了她一个手势，示意她坐下。"我未来的婆婆好有气质啊，跟白素贞一样美。"她激动地发在群里。

再之后，就没有了动静。

四

第二天，露露就回来了，比电视里看到的那些生完孩子的产妇还要虚弱，我们知道情况不妙，她说"我累了"，然后就躺在床上，一句话也不肯说。

一个月后，她说想去日本旅行散心，我们去机场送她。她才跟我们说起那天的经历。

那一天，小西的妈妈挂完电话，没有跟露露说话，直接问小西："你说的女孩就是她？"

小西点点头。

她说："你赢了，你去美国吧。"

原来小西喜欢的女孩在美国，她妈妈见过那女孩，不太喜欢，觉得人家姑娘必有所图，她想切断小西跟那女孩的联系，想把儿子留在国内接手家里的事业，小西不干，一气之下跑到杭州山里度假。

直到遇到傻乎乎的露露，他想到新的方法，他跟母亲谈条件，要是不让他去美国，留在国内，就不要再干涉他的感情生活。

他根本就不爱露露，他知道，露露这样的女孩，他父母一定会极力反对。所以，露露只是被他带回去威胁父母的筹码，只是没想到，单纯的女孩当了真。

露露成了牺牲品，更像一个小丑，可她却没有大闹小西家，也没有像电视剧那样，扇小西几个巴掌，只是笑着站起来，礼貌地对他们母子说："哦？原来是个误会啊，那没我的事，我先走啦。"

小西没有追出来。出租车上，露露哭得天昏地暗，用完了师傅的纸巾。

五

到日本后，露露关了好几天的电话，每天一个人东逛西逛，逛掉所有的

悲伤。当她打开微信的时候，看到小西发来的信息，她拨了个电话过去。

据说他们最后通话的内容是这样的：

"你还骚扰我干吗？"

"对不起，露露，我伤害了你。"

"伤害了我？我也只是玩玩的。你别当真。"

"真的，如果可以弥补，我愿意给你一些钱。"

露露笑了笑，说："有的东西我带走了，至于钱，你自己留着吧。"

我们曾经决定找小西算账，替她出口气，可她只是笑笑说："算了，做了个梦而已，只是如今这个梦要醒了。"

后来的一个晚上，群里再一次响起她的信息，她说："原来日本的寿司也就这样，我还是那个好姑娘，我要做回我自己啦。"接着发来一张图，她在东京的寿司店里，笑得无比灿烂，桌子上堆满了各种她吃过的寿司碟子。

这个在遍体鳞伤过后，依然有勇气向前奔跑的女孩，在这一刻，在我们每个人的心中，都闪闪发着光。

她不是任何人的附属品，却一定会在未来，成为某个人世界里璀璨的钻石。

然后在群里，我们用一句话为她刷屏：嗯，好姑娘光芒万丈。

Diary

我的模样有你的张望，我的眼光流转着风光

言语从来不能将情绪表达千万分之一，但表情和眼神却可以表露无遗。当眼神和镜头对视的那一瞬间，有些意识就开始像水墨一样晕染开，最真实地、不可控制地、不可抑制地把完整情绪保留下来。

生活就是那生生不息的运动，就是行动、思考、感受、恐惧、内疚、绝望，那就是生活。

别依赖任何东西，外在的或内在的。

恐惧现在，恐惧未来，恐惧未知，恐惧无法满足，恐惧不被人爱，想要被爱。

我为什么把我身外的世界跟我内心的世界，以及我试图了解的世界分开？

我对那个世界一无所知却投入了孤注一掷的希望。

要是从那个小角落往外观望，你是看不到的，你看不到世界在发生什么。

自由是心的一种品质，弃世和奉献都无法实现它。

崇拜我们的孤独、绝望、不幸和悲伤。

记忆不过是延续。

不真正了解自己，就永远无法解决其中的任何一个问题，因为世界就

是我们。

我们要么情绪化、多愁善感，要么非常理性，显然这阻碍了我们真正看到颜色、看到光的美、看到树、看到鸟，听到那些乌鸦的鸣叫。

心有一片我们从未接触、从未了解的浩瀚领域，那片空间浩瀚广阔，不可测度。

你自己去观察，用心去观察一个人的脸庞，看到你和他的空间不复存在。

当你独自走在脏乱的大街上，坐在公交车里，当你在海边度假，在林中和许多飞鸟、树林、溪流、野兽在一起，你难道不曾想问问自己，为什么还没有采到那朵非凡的永不凋零的花？

去凝视，去倾听，你必须投入你全部的关注。

只有在和平、宁静和美当中，善才能绽放。

接触万事万物的是你的记忆，是记忆拼凑而成的意象。

我们在自己的心中营造的空间就是隔绝出一个围绕我们自己的世界。

如果你看到了，你的心就会安静。

我们戴着面具，看不到彼此，

但我能感受到他的心跳，他手心的温度，

我闭着眼睛都知道，这个人，就是他。

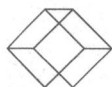

人山人海里，终于等到你

Chapter 6

一

现在提及"嫁给爱情"，很多人都会觉得矫情，什么年代了，哪儿还有什么人是嫁给爱情的。多数人认为，纯粹的爱情都存在于青葱岁月里、校园的漫步中，偷偷拉下手就会脸红心跳小鹿乱撞的感觉在走向社会后，都消失不见了。现在自由恋爱时大部分人看条件，大家都想找一个条件差不多甚至比自己更好的人。相亲现场，更是直接，开口就问：你有房吗？有车吗？工资多少？

所以，选择婚姻的时候，大家都会觉得，爱情不再是首要的条件。于是很多女孩，对现实妥协，嫁给房子和车子，嫁给对方的家底，嫁给"还不错"的人。

可是泡泡说："女孩啊，一定要嫁给爱情。"

她办完离婚手续的那一天，找我约了拍照，她说她想拍一组单人的婚纱照，穿她结婚当天的婚纱，她打开手机相册，说："你看，这是我的结婚照，你一定要把我拍得比这个美哦。"然后她坐在化妆间跟化妆师说，"开始吧。"那天我带她从早拍到晚，我们去她读高中时的母校，也去了她大学最爱的食堂，快天黑时，还跑到了她跟父母一起住时的那个老小区，老小区的天台留下了好多好多她对未来的憧憬，如今她一个人穿着婚纱，点着烟火，背影看去，多少有些落寞，但她甩甩头发，笑着跟我说："文子，我总算在这里解脱了，谢谢你为我记录这么重要的一天。"

我不知道这个天台对她而言，有多重要的意义，但我知道，穿着结婚当天的婚纱来拍单身婚纱照这件事情，对她而言，一定是个新的开始。

后来我们团队的人一起吃饭，她毫不避讳地跟大家聊了好多她的经历，她语重心长地告诫桌上的小女孩们："女孩啊，一定要嫁给爱情。"

她冷笑着自嘲，是她自己活该，因为觉得差不多到年纪了，就去参加了相亲会，最后嫁给了一个各方面条件看起来还不错的人，尽管她做好了思想准备，她也知道相亲和短暂的交往，并不能了解太透彻，但眼前的这个人，各方面条件都不错，错过了也许就很难再遇到了，她心想爱情是需要培养的，她一心爱他，给他建立起一个小家庭，就一切都会很幸福了。

但她慢慢发现，他有暴脾气，爱酗酒，还有让人无法理解的大男子主义。他常常下班后把衣服扔地上，然后瘫在沙发上，让她倒水给他泡脚，可她也是下班回来，匆忙做好了饭，等着他回来呀。动作稍微慢了一些，就会遭受他的训斥。在这样的责备和训斥里面，她一直在斗争，这真的是她想要的生活吗?

　　曾经她也以为日子可以就这样凑合过下去。至少他有不错的工作，他在银行当主管，有还不错的工资；他有房有车，他是杭州人；父母也不用他照顾，有自己的退休工资；他长得也不错，对待她身边的朋友，他伪装成绅士，风度翩翩。这不就是别人所梦寐以求的一切了吗？但日复一日，了解真正的他之后，她真的没办法就这样过下去，每一天都觉得辛苦和委屈。

　　工作中遇到了难题，她躲在洗手间大哭，回家时想和老公诉诉苦，但他却轻蔑地说："这算什么啊，我以前遇到的挫折多了去了！"一句话，让她咽回所有的委屈，暗下决心，永远不要再尝试向他倾诉。她胃不好，不能吃辣，但他生长在满是辣椒的城市，一日三餐都不能少辣。他们为这件事争吵，男人掀了饭桌，说："吃不到一起就不要吃！"

　　泡泡和爸妈说了这一切，可他们说："婚姻不就是吵吵闹闹一辈子吗，女孩子忍忍就过去了，等你们生了孩子，就没空为这些事吵架了。"

　　当泡泡开口提出离婚的时候，她自己都很意外自己的勇敢。她说："我突然发现如果没有爱情，婚姻真的一碰即碎，因为你们都不可能为对方而妥协，也不可能去包容和退让。我这一刻才明白自己的选择有多愚蠢，那些只有自己才明白的心酸，别人谁都不可能体会。"

　　于是她一个人来拍这组婚纱照，她想纪念自己错误的婚姻，也想提醒自己，哪怕一切都要从头来过，哪怕接下来还会有更多艰难的事情要去面对和解决，都要保留着一个女孩穿起婚纱时最美的样子，等待爱情到来，等待对的那个人站在自己身边。

　　作为一个摄影师，我知道，相机从不说谎。每一次拍婚纱照，在对方的脸上，我都能看到那些嫁给爱情的女孩，是多么甜蜜和幸福。

二

　　小冉来找我拍婚纱照，这一年她三十岁，却仍然充满着少女的天真。

　　据说，她以前做过很多任性而外人看来无比荒唐的事。她喜欢摇滚，便到处追着看摇滚演出，在台下手舞足蹈，扯破喉咙跟着狂欢。她喜欢看足球，就在脸上用油彩画着球队的LOGO，在比赛的体育场里跟着人潮跳波浪舞，制造人浪，给球队呐喊欢呼。她喜欢自驾，跟着一群户外旅行爱好者去藏区，搭个帐篷睡在公路边。她喜欢美食，就跟姐妹合伙开餐厅，哪怕最后经营不善，倒闭收场，她在提起这件事的时候，还是一脸骄傲的模样。

　　停下这看起来疯狂的一切，是因为孝顺。自己年岁渐长，父母也逐渐老去。她担心父母的身体，希望能自己负担家里的开销，不让他们担心，于是她把头发染回黑色，去学校当了老师，每天按时上下班，像每一个乖乖女那样。

　　可她说，她并不是放弃了自己想要的生活，只是暂时舍弃掉自由。但有一样东西要坚持，那就是爱情。

谢谢你　出现在我的　青春里

Beautiful You　◈　118

Beautiful You

父母也在催婚，总觉得终归是女孩子，一定要有个人照顾，才能让家长真正放心。但她对父母说："婚姻并不是生活的保险，这一刻结婚了，下一刻还会有离婚的风险。所以，这是唯一一件我想保有选择权的事，能不能让我自己去选择结婚的时间，以及结婚的那个人？"

很多个欺负单身狗的节日里，小冉都一个人度过。圣诞节、情人节、七夕，她看似孤零零的，但心里知道，所有的等待，都是为了那个未来值得自己托付整个生命的人。

而她遇见他，也像极了一个传说。

他是乐队的鼓手，在她做"乖乖女"很久，终于给自己透口气去看演出的时候，在现场见到了他。她站在台下，对他浑身湿透的样子和他有着文身的脚踝有着很深的印象。也说不出为什么，她看着他，觉得他比主唱还要光芒万丈，那一刻的心动，是多年不曾遇过的一见钟情。

于是演出结束后，她去找他聊天，然后和他说："你就像是那个我等了很久的人，而我终于见到你了。我很喜欢你，你愿不愿意和我在一起试试？"

有趣的女孩遇到有趣的男孩，他们彼此吸引，很快就在一起了。

她周末陪他去演出，他平时接她下班，晚上他们去自己的小窝做菜。他洗菜，她下厨，他洗碗，她切饭后水果，从没有分工，却就是有着相通的节奏。他们喜欢旅行，喜欢看展览，喜欢着对方喜欢的一切。

到找我拍婚纱照时，他们恋爱三年了，可每一天都跟初恋一样。我问他们："这有什么秘诀吗？"

他看了我一眼，酷酷地说："没秘诀，我跟她就是天生一对。"

他们还真是天生一对，因为他们坚持自己的喜欢，我去年给他们拍了一套很特别的婚纱照。大家都知道，所有人拍婚纱照，都希望自己是美的，好看的，新娘还都叮嘱化妆师看看她们有没有花妆，但这一对新人很奇怪，他们两个，男生穿着白色衬衫卡其色短裤，女生穿着白色裙子，配上闺密送的小红鞋，他们两个选择用两个面具挡住面孔，我问他们为什么，他们几乎异口同声："喜欢啊。"

是呀。喜欢呀。他喜欢她，她喜欢他。拍照时，他总是牵着她的手，叮嘱她小心一点，心细起来，一点也不像玩摇滚的男人。

照片出来以后，他们两个人喜欢得要死，小冉说："没有脸没关系啊，虽然我们戴着面具，看不到彼此，但我能感受到他的心跳，他手心的温度，我闭着眼睛都知道，这个人，就是他。"

我看着这些照片，有时候也觉得很奇妙，外人无法理解的事情，却是他们所爱的样子，这不只是一套婚纱照的意义，我想，更重要的是，她嫁给了爱情，嫁给了一个爱她宠她的男人。

三

前阵子在微博里曾看到过一个视频，是一个外国女孩在圣诞节时拍的。她在这一天，想送给她老公一个礼物，那就是——他要当爸爸了。当男孩拿着小婴儿的衣服，了解了这一切的时候，他先是愣住了，然后脸上转为狂喜的神情，他抱着妻子不断喊着"我爱死你了"，然后那夺眶而出的泪水，让无数女孩都明白了爱情到底是怎么一回事。

只有嫁给爱情，才会拥有改变生活的勇气。爱情并不是童话，它当然也不是一份牢靠的保险。只是，你会愿意为了它，而努力经营好两个人共同的生活，去妥协与接纳，去包容与感激，去为了未来而好好加油。这些，才是值得女孩用自己接下来的人生去换的婚姻。

亲爱的女孩，愿你们都能嫁给爱情。在找我拍婚纱照的时候，让我看到你们如少女般最明亮的笑容。

Diary

那就是我们真实路过全世界的样子

　　我时常在想，庆幸一路上因为拍照而结识的人，听到的故事，这些平凡而真实的感动，陪我走到现在。我在moon做过这样一期内容，她们是一对要好的闺密——黄金&白银，从2014年开始她们每年都找我们拍照片，一年一次记录。

　　照片里的她们在变化，我们的照片也在变化，唯一不变的是她们之间携手走过的友谊时光，还有我们一直坚持的摄影。翻到这些照片的时候，我突然想到，我们与她们、亲情与友情、时光与青春，这些美好的事物，就是让我们继续前行的养分，当我们都找不到方向和答案的时候，这些就是回答，我深信不疑。

年轻时我们的义无反顾，有时更像一种任性，

挥洒着对爱情的一往无前，

这份勇敢，或许，一生只此一回。

人生若只如初见

一

咖啡馆里，他听了几条长长的语音，然后沉下脸和我说："他们说，小菲死了，在冬天里寒冷的夜晚，她毅然决然地朝着那条河走了进去，就好像被水鬼呼唤一样，丢了自己所有的生气，也丢下了家人和女儿。"

镇上一时间流言纷飞。一下午的时间，他讲了整个故事给我听。他说淹没她生命的那条河，游着许多条鱼，也装下了她和佳铭的爱情。

二

每个人的高中，可能都有一个小菲这样的女孩。她是班里成绩最好的学生，做课代表，做班长，从班主任到任课老师都把她视为模范生。

小时候，小菲的妈妈生下小菲的妹妹以后，身体一直没能调理好，大病小病不断，没几年就去世了。所以她一直拼命读书，成绩永远前三，也被爸爸视为掌上明珠。

所以小菲和成绩永远倒数的佳铭谈恋爱时，所有人都惊呆了。原本老师只是让一对一互助学习，却没想到几周时间，这个乖乖女好学生竟会开始早恋。老师一次又一次找小菲谈话。"你的学习怎么办？"老师问她。

"我能向你们保证成绩不掉落一个名次，也不会做出格的事给学校找麻烦，这些我全部都能保证。但是，"小菲坚定地说，"让我和佳铭分手，绝不可能。"

据说她喜欢上佳铭，是因为那个放学的午后，她要给佳铭补课，把做错的数学题一道一道讲一遍。但佳铭说那天要去钓鱼，钓完以后再学。小菲跟他争论起来，不明白为什么钓鱼有那么大的吸引力，佳铭说："要不你跟我一起去？"就这样，他骑着车带小菲一起去了河边。

那条小河沿着镇中心蜿蜒流过，两岸都是树，很多老人沿着河边散步或者晒太阳。佳铭说，从小他就跟着爸爸一起在那里钓鱼了。他的鱼竿很旧，上面贴了很多贴纸，好像拥有很多回忆。

他让小菲坐在树荫下，然后把鱼钩甩进水里，慢慢就只能看到一个小小的浮漂了，他自己坐下来，看着浮漂随水波一动一动。小菲拿着作业本在一旁做题，不时过来看看。过了很长时间，都没有动静。

小菲跑去找他争辩："如果钓不上来就别耽误时间了！"

可佳铭说："钓鱼最重要的一件事，就是等待。"

他给小菲讲起小时候跟爸爸钓鱼的故事。那时候他也不懂钓鱼的乐趣在哪里，但爸爸说，在等待的过程中，能看到水波的荡漾，看到一片叶子掉落在水面打出的涟漪，看到云层偶尔遮蔽太阳时阴影的移动。这些日常生活中绝对不会注意到的美好画面，在钓鱼的时候却能尽收眼底。

突然，浮漂动了。佳铭用力一拉鱼竿，顺着鱼线捋过去，发现是一条很小很小的鱼苗。小菲刚要感叹这一整天收获太小，佳铭却将小鱼放回了河里。

他说："它太小了。"

小菲问："那这么长时间不就白费了吗？"

佳铭只笑了笑："不白费，过程里我已经得到了很多。"

有风吹过，佳铭顺手从小河旁边的橘子树上摘了两个橘子，她剥开，空气里散发出一阵橘子的清香。那一刻，不知道为什么，小菲觉得眼前这个男孩，和自己见过的任何人都不一样。

三

青涩的爱情好像毫无道理，却又好像有理有据。反正小菲就这样光明正大地和佳铭上学下学，她死心塌地爱着佳铭，也兑现了跟老师当初许下的承诺，成绩依然保持在前三。于是学校也就视若无睹，默默纵容着这个好学生的早恋。

　　临近高考，填志愿前小菲问佳铭："如果我考去外地，你愿意和我一起去吗？"

　　佳铭说："可我只想留在这里，想安静地守在小河边，过自己的生活。"

　　尽管他并没有问小菲愿不愿意留下来，小菲心里却已经有了答案。

　　没有人知道，在小的时候，小菲就幻想了无数次要离开那座小城市，奔赴上海或北京这样的大都市，开启全新的人生。可她修改了志愿，放弃了学校唯一保送的名额，填写了小镇里那所再普通不过的大学。

　　年轻时我们的义无反顾，有时更像一种任性，挥洒着对爱情的一往无前，这份勇敢，或许，一生只此一回。

　　她和佳铭成绩差了两百多分，却进了同一所大学。爸爸和她大吵一架，从来都是乖乖女的她，第一次和爸爸撂了狠话。她说："相对于奔向海阔天空的美好前程，我更想拥有这份我最想得到的幸福。你就让我自己选一次，好吗？"

　　小菲在任何人面前都拿出气壮山河的勇敢，面对佳铭时，却成为一个体贴又温顺的小姑娘。陪着他钓鱼，陪着他吃饭，陪着他打游戏。很多人问小菲这样是否值得，她只说："我自己觉得值得就好。"

　　20岁生日那天，在小菲的宿舍楼下，佳铭送上一束玫瑰花，以及用自己打工赚的钱给小菲买的一枚小小银戒指。他说："我欠你一个钻戒，但假如你愿意，等毕业了我就娶你，好吗？"

　　这是佳铭为小菲做过的最让她感动的事。那天，他们在同学的欢呼声中紧紧拥抱，小菲哭了很久，为自己年轻的勇敢，也为这份感动了自己、感动了佳铭的爱情。

四

　　他们结婚那天，双方家长的朋友，高中及大学的同学、老师，和镇子里很多人都来了，他们带来了对这对小情侣最大的祝福。那天，小菲红着脸，喝了一杯又一杯酒，向所有人炫耀着自己的幸福。婚礼司仪问起她是怎么爱上男孩的，她说，那个钓鱼的午后，让她明白这世界上原来有许多事，等待比结果更重要，但幸运的是，自己的等待，换来了美好的结果。

　　台下掌声一片，佳铭站在她身边也红了眼眶。

　　婚后小菲生了个女儿，进了一家幼儿园工作，教小朋友们美术课。没过两年，女儿也进了那所幼儿园，于是，她每天两点一线，从家到幼儿园，过着平常的日子。

　　而佳铭毕业后进了一家建材公司，后来与同事合伙做起建材的买卖，竟也赚到了第一桶金，生意一点点做大起来，成了老板。他越来越忙，回家时往往女儿已睡下，小菲却哪怕一脸疲倦，都坚持在沙发上等他。

　　同学聚会时，有人从国外留学回来，有人在大城市工作。坐在那些挎着名牌包包、化着精致妆容的女生旁边，小菲显得无比暗淡。她不再是从前那个老师与同学心中的优等生，反而略显土气，张口闭口只剩下老公和孩子。有人笑着问她："你看起来怎么老了这么多？"她才在镜子里，留意到自己已经过早地发胖、长皱纹。

曾经佳铭也表示过歉意，觉得小菲将最好的青春都拿来奉献给这份爱情，早早地就为家庭和工作奔波，没能像别的女孩子那般去享受生活。可小菲总说，这是自己心中最大的幸福，她不需要昂贵的护肤品和漂亮的衣服，只要女儿能健康快乐长大，只要老公一直在自己身边，就足够了。

可有时候，事情总不如人意。

五

发现佳铭出轨的那一刻，小菲觉得天都塌了。

那个晚上，佳铭发短信说晚上要去工厂检验产品，所以晚些回来。女儿有点发烧，早早就睡了。小菲就想着出去买点水果和面包回来，第二天给佳铭做早餐。

路过那家西餐厅的时候，小菲还想着，上个月佳铭还答应下次带她一起去吃。但扭过头，就看到里面一个餐桌上，坐着佳铭和另一个女人。佳铭伸手摸了摸女人的头发，眼神里是小菲从来没见过的宠溺。女人像小女孩一样害羞地低下头，腼腆而甜美地笑着，远远看去，他们就像是一对亲密的爱侣在庆祝纪念日。

而那个女人，就是不久前去幼儿园工作的郑琳，全幼儿园的小朋友都说她是最漂亮的老师。她大学时就作为交换生去了日本读书，所以打扮得也总是像日剧里的女明星那样，留着恰到好处的鬈发，总是穿着颜色清爽的衬衫和短裙，喷着好闻的香水。据说本来她只是回来一阵子，就要去东京找工作的，但幼儿园的校长是她爸爸的好朋友，借着她这次毕业回国，想请她帮忙先开一下英语课，所以她也不急着回去，就先留了下来，教小朋友们学习字母、唱英文歌。

那一刻，小菲一句话也说不出。她穿着松松垮垮的棉衣，狼狈落魄地站在西餐厅招牌的暖光下，心里却感受到最彻骨的冰冷。就像有什么东西被狠狠撕碎了，整颗心都拧在一起，揪着疼。

佳铭和郑琳起身离开，小菲躲到街角，看佳铭小心翼翼给郑琳拉开车门，用手护着她的头，直到她坐稳后才跑到驾驶座上。可结婚这么多年，他一次都没有这样照顾过自己。

一路上，小菲发着抖走回家，浑身冰凉，蹲坐在熟睡的女儿床边，眼泪怎么都停不下来。她用力捂住嘴，生怕吵醒女儿。

他们是什么时候认识的呢？回忆起来，大概是那次幼儿园的表彰大会吧，那天因为女儿要上台表演唱歌，所以佳铭也来了。郑琳带着小朋友们演唱了一首《音乐之声》电影里的英文歌，她唱歌那么好听，唱完以后，很多家长都抢着和她聊天，希望她能多教教自己家小孩。那天，她还特意走过来跟小菲和佳铭打招呼，夸他们女儿聪明有天分。

那么，在自己从不知道的那些时刻里，发生了什么？为什么在不知不觉中，这个家，这个男人，变成了自己不认识的模样？

脑海里有　万个念头涌上来。小菲想问个清楚，想哪怕鱼死网破也要让佳铭给自己一个交代，她甚至恨透了郑琳，想一个巴掌扇上去，问她为什么破坏别人的家庭。

女儿在这时候醒了，她从被窝里伸出滚烫的小手摸着妈妈的脸说："妈妈，你怎么哭了？"

小菲眼泪更是汹涌而出，她只好说："没事的，宝贝，妈妈是担心你，舍不得你生病。"

小姑娘带着鼻音，奶声奶气地说："妈妈别难过，我会多吃饭，早点长大，就不会生病了，以后就都不让妈妈哭了。"

为了爱情，为了女儿，小菲也想留住他，捍卫这个家。

快12点的时候，门开了。她坐在沙发上站起身来，看着佳铭说："你回来啦？饿了吧，我去给你煮点东西吃吧。"

六

日子看似一如往常，小菲更加用心地照顾女儿和佳铭。但心里隐隐的不安，日复一日地缠着她。

佳铭回家晚，她常常一个人坐在沙发上掉眼泪发呆，然后在他到家的时候赶紧擦掉。而每一次在学校碰到郑琳，她也都特意避开，害怕面对这一切。

多少次欲言又止，她不敢挑明，于是不停发呆，连和佳铭最简单的闲话家常，都显得那么不自然。她试着去窥探佳铭的手机，却刚刚解锁，又心跳加速到好像要晕过去，只好放下。她每一次拿起佳铭的外套，都屏住呼吸，害怕闻到别人身上的味道。

是啊，其实并不是没发现更多的细节。

因为那年小河边的橘子香气，这几年小菲都给佳铭车里买橘子味道的香薰。但有一天，它被佳铭换掉了，换成了和郑琳身上同样的清新花香。佳铭接小菲下班的路上，她看着车窗外飞驰而过的人潮，一言不发，每一次呼吸都觉得刺痛。

一向不喜欢打扮的佳铭，开始注意穿着了。有时候他会拎回来几件刚买的新衣服，却从不是小菲或佳铭会懂得挑选的牌子和款式。也许，是郑琳陪着他选的吧？但结婚这么多年，即便是再重要的纪念日，佳铭也随便穿件衣服就跟小菲一起去餐厅吃饭，但如今，偶尔他会打扮得体体面面。

很多个夜晚，小菲看着身边熟睡的佳铭，她会想：这么多年的爱情，真的可以就这样脆弱得不堪一击吗？她想把脸靠在这个男人的背上，却不敢靠近，生怕自己会想到有别的女人也和自己的老公有关。

　　眼泪一次又一次湿透枕巾，只有和女儿在一起的时候，小菲才觉得安心。看着女儿懵懂的眼神，她就充满了勇气，想忍住一切，想等到柳暗花明的那一天。

　　有一次，别的同事和郑琳聊日本哪里好玩，小菲听到郑琳眼神发光地描述京都的古韵之美、东京的繁华时尚、北海道的浪漫古朴，她鼓起勇气问了个问题："你以后还会回日本吗？"郑琳想都没想便说："当然会，我特别喜欢日本，我想长住在那边。"

　　郑琳还在和同事闲聊着，但小菲听到这个答案，心里一直以来绷着的一根弦好像突然松了松。那天晚上，她烧了一大桌子菜给佳铭吃，也睡了那阵子的第一个好觉。她想：只要我一直忍、一直坚持，就一定能等到郑琳离开的那一天，也一定能让佳铭明白我对他的爱。

ㄨ

　　佳铭说要去韩国出差的时候，小菲问他："我能不能请假和你一起去？我们都没有一起旅行过。"但佳铭拒绝了，他说这次要跑很多工厂，没有时间旅游。

　　可佳铭走的第二天，郑琳就请假了。听说，她休年假，回了日本。

　　起初小菲还没多想，但大约第五天的时候，也许是女人的第六感吧，小菲突然怀疑，也许佳铭并没有去韩国，而是和郑琳去了日本。以前每次佳铭出差，小菲都安心做自己的事情，从没有追过电话和微信，但这一次，这个念头让她不寒而栗，于是她不停打佳铭的电话，却始终没有人接。

她让幼儿园的小朋友自己做游戏，然后独自坐在教室的角落里，内心充满了不安和害怕。她想到一个办法，她跟同事说自己手机坏了要打个电话，于是借了同事的手机，偷偷查看郑琳的微信朋友圈。

郑琳在朋友圈发了很多条消息：她穿着漂亮的和服在京都的红叶下拍照片，坐在高档的日料店里夹着一块寿司笑容灿烂地张开嘴。小菲一张一张地翻过去，却突然在一个吃铁板烧的小视频里，看到一晃而过的佳铭的手。那个小视频，小菲躲在洗手间里连续看了三十几次。郑琳拍铁板烧上烤得油滋滋的牛肉和秋刀鱼，佳铭伸出手拿盘子，手腕上的手表，是去年结婚纪念日时，小菲送他的。

小菲每个月只有三千多块的工资，但那块表要六万块。小菲想，男人一定要有一块好手表。所以她偷偷兼职去做家教，用了好几年才存够钱。把手表送给佳铭的时候，佳铭说："我想要可以自己买啊，我毕竟也是当老板的人了，你干吗苦了自己。"但小菲说："我想用自己的力量把最好的都给你。"

可就算付出那么多，到头来又有什么意义呢？

佳铭到家时是深夜两点多，他刚打开门，小菲便从沙发上蹿起来冲过去问他："你去了哪里，为什么不接电话？"

"我忙着开会。"佳铭语气平淡地回答。

"那你给我讲一遍你的行程!"小菲朝他吼,"每天去了哪里,在做什么,跟谁在一起!"

"你神经病吗?小点声!别吵醒女儿!"佳铭不耐烦地说,"我去洗澡了,懒得和你多说!"

她偷偷拿起佳铭的手机,却发现手机密码换了。洗手间的水声陆陆续续传来,刚刚那差一点就脱口而出的话,想到女儿,她又不敢说了。

八

接下来的日子,小菲一面隐忍,一面陆续爆发。她不时就跟佳铭吵架,总是气冲冲的,好像再普通不过的一句话都能点燃一场战争。吵完架,小菲又害怕和后悔,然后跟佳铭道歉,做一大桌好吃的等他回家。

但谁都没想到,先开口的是佳铭。

那天早上,她和佳铭为了早餐吃什么又开始大吵,佳铭起身摔门而出,半分钟后却又转身回来。他跟小菲说:"今天我们谁都别去上班了,坐下来谈一谈吧。"

小菲察觉到不对,她害怕这一切被破坏,所以急切地想逃走:"我不想谈,没什么好谈的,我要去上班了。"但佳铭按住她,说道:"我真的受不了了，小菲，我们离婚吧。"

佳铭说："这么多年来，你永远是一个样子，不修边幅，无趣无聊。带你去国外旅行，你说没什么好看的，每一年我生日你都送领带，每一顿早饭都是牛奶鸡蛋。可你知道我真正想要什么吗？你知道我真正喜欢什么吗？每一次离开家，我都松一口气，觉得总算能不用面对你唉声叹气的样子。我以为我为了女儿能继续过下去，但日复一日，我觉得这样的生活，实在太可悲了！"

"那我就不可悲吗？我所有的青春都给了你，我所有的爱都拿来爱你……"小菲试图挽回他，就像一个在乞求的女人。

"但我从来没爱过你！我只是觉得你对我太好了，我需要报答你！"这句话说出口后，小菲和佳铭都沉默了。

那一刻，这些日子所有的忍耐全部崩塌瓦解，小菲歇斯底里地大哭起来，浑身颤抖，她起身从家里冲了出去，身后没有人追上来，她只想着，这都是郑琳的错，都是她勾引了佳铭，才让这一切改变了。

冲到学校的时候，她已经迟到了20分钟。这一天老师们要上公开课，全省的领导都来观摩，郑琳正穿着漂亮的小洋装，在教室教小朋友们唱一首英文歌，和乐融融的气氛里，小菲推开门，冲过去就给了郑琳一个耳光，她喊："你勾引我老公，破坏别人家庭，你不要脸！"

小朋友们吓得大哭，领导们面面相觑，学校的老师赶紧把小菲拉出去，她却还喊着："我今天一定要撕烂你的脸！让所有人都看到你的真面目！"

办公室里，学校的领导把小菲一顿臭骂。这样一场风波闹得尽人皆知，从领导到小朋友，再到小朋友的家长，所有人都知道了这场闹剧，一时间无法收场，学校只能对小菲做开除的处理。

小菲声泪俱下，她不明白为什么做错事的人没有受惩罚，而自己却要背负这一切。她收好所有东西，离开学校的时候，没有一个人来送她。

九

小菲忘了放学的时间，她一个人坐在家里以泪洗面。幼儿园给佳铭打了电话，他接女儿回来的路上，知道了白天发生的所有事情。

门推开，佳铭让女儿先进房间，他问小菲："你疯了吗？"

"她抢走我的家，抢走你！"小菲声音已经哑了，却还跟佳铭喊着。

"不关她的事！"佳铭说，"无论是谁，我都会离开你，离开这种生活！"

"一定是那个贱女人勾引你……"可话还没说完，一个耳光就扇到了小菲的脸上。

"你住嘴！"

小菲坐在地上，伸出手拉住佳铭的裤脚试图求他："为了女儿，我们能不能重新来过？"

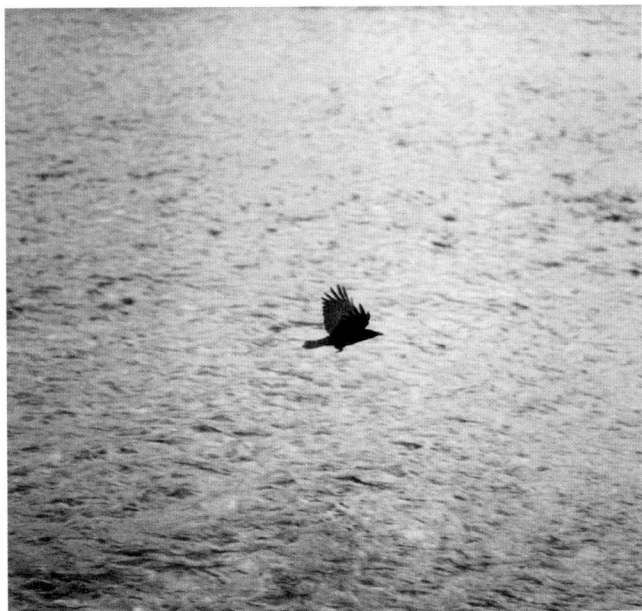

"不可能。"佳铭坚决地说，把门重重地摔上。

小菲失魂落魄打开女儿房间的门，想抱抱她，寻求最后的安慰。没想到女儿看到她，却向后退，躲在房间的角落里，嘟囔着："我不要妈妈抱！"

"为什么？"

"小朋友们说，妈妈是坏人，你打我们学校最好的郑老师。妈妈，你为什么这样做？"

那一刻，小菲的世界一片黑暗。她失去了老公，失去了这个家，如今，连女儿都对自己避之唯恐不及。

她关上女儿房间的门，一个人走了出去。那条路变得很长，很陌生。她想起这些年的风风雨雨，想起恋爱时的青涩，结婚时的喜悦，以及如今的心灰意懒。不知不觉，就走到了那条小河边。

她一个人在河边坐了很久很久。最后，她给妹妹发了一条短信，她说："帮我向爸爸说声对不起，我辜负了他对我的期望。以后我的女儿要请你们帮忙照顾了。恕我不孝，再见。"

然后，她跳进了那条河，和这个世界说了一声再见。

十

妹妹跟同事聚会，从KTV出来看到短信的时候，已经过了两小时。她疯

　　了一样给姐姐打电话，没人接，然后打给佳铭，也没人接。

　　警察打来电话的时候，已经是早晨7点。渔民在河里发现了小菲，也找到了她遗落在河边的手机。

　　父亲到现场看到了这一切，当即昏了过去。而一同赶来的妹妹更是一夜没睡，自责地哭到失声，跪在河边无力地颤抖。

　　她说："姐，你怎么那么傻啊！"可这些错付的青春，这些错付的爱，没有人有权力去评断小菲是不是做错了。但她真的太傻了。

　　一片舆论声席卷小镇，佳铭躲了起来。小菲的父亲在病床上醒来后，他说："无论用什么办法，都必须给我找到佳铭。"

　　找到的时候，佳铭低着头来到老人面前。大家都担心老人会做什么冲动的事，但他红着眼眶，哑着嗓子说："我对你没有任何别的要求，但你必须去我女儿的坟前，跪下给她道歉。"

　　这是父亲能为小菲做的最后一件事。

　　佳铭照做了，然后离开了小镇，从此再也没有人知道他去了哪里。而郑琳也从幼儿园辞职，回了日本。一年又一年过去，渐渐地，这件事成了一个遥远的故事，鲜少再有人提起。

　　几年以后，小菲的父亲得了阿尔茨海默病，他总是坐在小菲年少时住过的房间里发呆，然后对着小菲妹妹喊小菲的名字。而妹妹接受了心理医生的治疗，渐渐从伤痛里走了出来，她用心照顾小菲的女儿，对其视如己出，总算完成了姐姐的遗愿。

　　人生若只如初见，该多好。若还能回到那年的小河边，小菲会不会记得佳铭曾说过的那句"过程里我已经得到了很多"，然后，故事是不是从此能走向另外的结局？

　　可镇子里的小河静静流淌着，一如往昔。有人从这里去向别的城市，也有人从遥远的地方归来。但小菲，被这条河带走，后会无期。

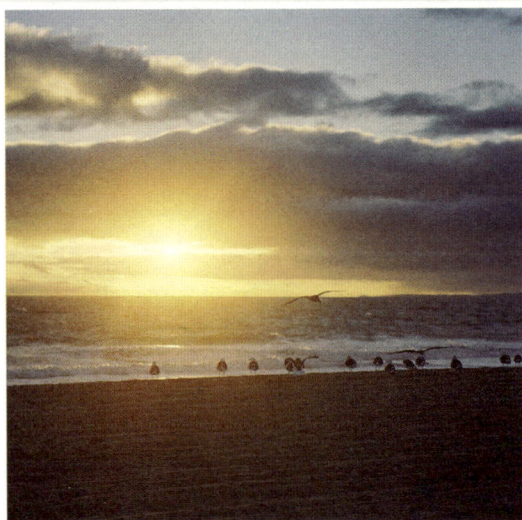

Diary

我透过逆光中的影子，看见飞翔

　　我们拍过太多逆光的画面，这大概已经成了moon摄影工作室的一个标志，我也说不清为什么会那么热爱这短暂的光晕带来的唯美时刻。

　　追逐夕阳和日出，甚至只是光来的方向，就会莫名地去捕捉下来，那是像琥珀一样珍贵的画面，好像时间都在那一刻停止了，不管是风景还是风景里的人，都那么安静，那一刻我们甚至都看不清楚太多东西，却又被迷住，大概这就是它的魅力吧。

　　逆着它的方向望过去，即便再刺眼，也无法阻挡你的目光。

爱情的表现方式实在太多，

可这些真切的温暖和细碎的感动，

都在时光流逝时，磨损着爱的力气。

胡美丽的两场糊涂爱情

Chapter 8

一

凌晨3点，我正睡得迷迷糊糊，手机突然响起来。

"喂。"我眯着眼睛摸到了掉在地上的电话。

那头爆发出尖锐的哭声，然后传来胡美丽绝望的声音："文子，我要跳楼了。"

"什么！"我打了个激灵，一下清醒过来，"你别啊，到底怎么回事？"

"没啥，就是不想活了。"我想象得到她一把鼻涕一把泪的样子，肯定特难看。

"那你可得想清楚，"我哆哆嗦嗦和她谈判，"你这跳下去死了倒还好，充其量死得难看点，要是没一口气摔死，到时候半身不遂，你可别指望我们这些朋友以后还老是来看你。"

"你浑蛋！"

"我就浑蛋。"

"你王八蛋。"

"……"我迟疑了一下，问道，"是因为江城对不对？"

"……"那头陷入沉默。

我一听，心知她是情伤，作为最佳损友，又赶紧甩出另外一把刀子："那是不是吴崇来找你了？"

"滚！"胡美丽从窗户跳到地板的声音传来，我松了口气。

只听哗啦一声，是玻璃杯落在地上的碎裂声。

她说："我饿了，出来喝啤酒好不好？"

我看看时间，翻了个白眼："不好。"

"撸串串？"

"不好。"

"烤鱼？"

"不好。"

"麻辣小龙虾，"胡美丽恶狠狠地咬咬牙，"滚出来随便吃，不来我宰了你。"

"好好好，等我！"我一听麻辣小龙虾，顿时喜上眉梢，从床上蹦下来。

二

等我到了约定的地方，胡美丽正埋头大战三百小龙虾，面前堆着小山似的虾壳。

"美丽，我来了。"我搓搓手心，笑嘻嘻地要坐下。

胡美丽一抬头，冲我露出一个比哭还难看的表情。我一看她的脸，被吓尿了——满脸通红，两行清泪。比贞子还可怕。

她明明是在哭，却跟我解释道："这小龙虾太辣了。"

我"呵呵呵"地坐了下来。

一般情况下，一个女孩子深夜痛哭、要死要活，大部分都是因为爱情。

胡美丽是我所有女性朋友中，经济实力和智商排在前五的女生，综合评分更是进了前三，但比较遗憾，上天给了她高颜值高智商，偏偏没给她配备高情商。

而没有高情商的她，这一路感情可谓跌跌撞撞。

吴崇是她的初恋，也是她大学同学，两个人毕业后被分在同一个事业单位实习。

"你知道吴崇以前对我有多好吗？"喝了几瓶酒，胡美丽问我。

我愣愣地摇头："不知道。"

胡美丽说："我以前不爱吃我们单位食堂的饭菜，他就常常带我去公司附近的小餐馆，我不喜欢吃大蒜和辣椒，他每次点菜的时候就会叮嘱服务员。他一个四川人，跟我谈了那两年恋爱，硬是没沾一点辣味。"

我挑挑眉毛："说不定他本来就不爱吃辣。"

胡美丽瞪了我一眼，拿起手里的啤酒瓶："你不打击我会死吗？"

我捂住脸，只能承认："是是是，他对你的感情感天动地。"

可我这话说得并不违心，当时我们的一圈朋友都觉得吴崇对胡美丽很好。要不是有后来那件事的话……他们俩的孩子可能都能打酱油了。

三

胡美丽的爸爸是市里知名的地产商，她妈是地方税务局的一把手，家底非一般地殷实。

胡美丽和吴崇相处得差不多之后，就打算带着他去见爸妈。

他们的第一顿饭定在一家金碧辉煌的酒店里，那天胡美丽的爸爸迟到一小时，妈妈迟到一个半小时。

两位长辈来了之后，没有一点歉意，简单问及了吴崇的情况，得知他是普通家庭，妈妈早年下岗爸爸坐等退休后，就再也没有笑过。

临走前，美丽的爸爸擦擦嘴："小伙子，这个酒店是我盖的，整个这一片的商品房都是我投资的，你和美丽不合适，所以，请你离开我的女儿。"

你说像不像"给你五百万离开我儿子"的戏码？

　　春节后，胡美丽没有回单位上班，她被父母软禁了。

　　她爸妈告诉她，吴崇追她肯定是另有目的，是冲着她家里的钱来的。所以他们所做的一切，都是为了她好。

　　可天地良心，吴崇和胡美丽认识那会儿，根本不知道她家里那么有钱啊！

　　反正后来没多久，吴崇就主动和胡美丽分手了。

　　他跟我们喝酒，说自己是不想让她夹在中间左右为难。其实他也挺难过，当美丽的父母在伤害他自尊心的时候，美丽竟然没有劝解。

　　我们一群人劝他："没事没事，美丽以后一定会明白的。"

　　我们都还觉得他们会复合。

　　而吴崇的短暂离开，正中美丽父母的下怀，他们跟美丽说："你看吧，这小子被揭穿了之后，恼羞成怒了吧！气急败坏了吧！"

　　这么恶毒的台词，跟国产剧里的恶婆婆有一拼，结果还被胡美丽听进去了。

　　她觉得吴崇是要保住自己最后的一点自尊才主动提出分手的，这样的男人离开了，自己为什么要遗憾？

　　于是她打包好吴崇那些礼物，还给了他。

　　吴崇当时不知道有多震惊。

　　他送给美丽那些东西都不便宜，对于一个刚参加工作的男生来说，绝对可以称得上是有心。但胡美丽就这么给人家退了回来。

于是他收下箱子，再也没和胡美丽联系。

四

"文子，你说我当时是不是特别傻×。"人总是在失去之后才懂得痛惜。胡美丽也是在吴崇彻底离开后，才冷静下来，给自己的智商充上值。

"呵呵呵……"我低头喝了一杯酒。

"我看到吴崇在朋友圈里传了结婚照。"

"哦。"我点点头，肚子上的肉也跟着扭了扭。

"吴崇的老婆可真丑！"胡美丽一巴掌拍在桌上。

"哦……"我实在是不知道说什么好。

胡美丽又说："莞莞也要跟江城结婚了。"

"哦。"我手里的杯子一抖，啤酒洒了一半。

"我他妈想死！"

"那你赶紧去，到时候我好拍照发朋友圈。"我立马换上笑脸，笑嘻嘻地说。

"你真贱！"她没有得到安慰，有些委屈地看着我。

"你也挺贱的。"我望着胡美丽，表情有点沉重。

"是，我真的很贱。"可胡美丽却好像找到了突破口，一下子不管不顾地哭了起来。

"忘了他们吧。"我有点想叹气。

可胡美丽听完这句话，哭得更伤心了。

三

吴崇之后，江城是她的第二段感情的男主角。

可这段关系还没开始，就胎死腹中了。

你看过《初恋这件小事》吗？里面阿亮学长的傻×兄弟，就和他约定不能喜欢同一个人，所以小水和阿亮才错过了九年。

我想说，不光是直男才会做这种愚蠢的承诺，直女也会。

江城个性开朗，特别爱笑，就像一缕阳光照进了胡美丽的生活。

不过才几次，江城和胡美丽一起出去吃饭，每次回到家后，她就发现自己脸都笑疼了，她已经不觉间喜欢上了他。

但是就在我们以为她和江城会有所进展的时候，胡美丽有一天却哭丧着脸说，自己的闺密莞莞也喜欢江城。

怎么办？

这大概是天底下最无解的难题。

因为不管你怎么做，都会有人受伤。

　　于是胡美丽选择了牺牲自己。她装作和江城不熟，还对莞莞说："哈哈，我知道他喜欢什么，你喜欢他的话，我给你支着，你就勇敢去追吧。你那么好，他一定会珍惜你的。"

　　然后，胡美丽再也没有回复过江城的短信，也逃避与他见面，甚至后来说了一些冷漠的话，让他知难而退。

　　其实她自己很清楚，江城多多少少对自己是有点意思的。但爱情和友情，她选友情，她舍不得和闺密多年的情谊。

　　果然，没多久江城就和莞莞在一起了。

　　胡美丽对着他们俩，脸都要笑烂了，还祝福他们，但一回头就跟我诉苦，说自己心里非常失落和痛苦。

　　看着他们并肩站在自己面前，握紧的手，对视的笑容，都像小刀在划着自己的心。她只好不断告诉自己：我的选择是正确的，不是吗？

　　反正之后，胡美丽再没有谈过恋爱，常常深更半夜在微信群里叫我们一起出去喝夜啤酒。

　　也只有我，这个没有性生活的单身狗，三天两头舍生取义和她鬼混。

　　可我这个全程围观的吃瓜群众，只想在心里评论她："傻×。"

　　是的，我觉得自己一点都没骂错，这样做难道不傻吗？

　　不管是爱情还是友情，是这么匆忙就能决定的吗？这样草率地做选择题，是对自己对别人都没有好处的。

六

"文胖子，怎么办，我好像没办法相信爱情了。"胡美丽又向我求助。

我眨眨眼："那你觉得爱情应该是什么样的？"

胡美丽答非所问，嘲讽我："你再眨眼睛，看起来也像没睁开眼一样啊。"

"呵呵。"我冷笑，然后道，"爱情是男人寄给你的情书吗？是他费心劳力给你制造的惊喜吗？还是你生病的时候他给你喂的药？"

胡美丽迷茫地摇摇头。

我也想摇头。

爱情的表现方式实在太多，可这些真切的温暖和细碎的感动，都在时光流逝时，磨损着爱的力气。

然后，一百分的爱变成五十分，再变成十分，最终我们会发现，自己根本撑不起来这份爱，直到终于失去了爱。

"胡美丽。"我叫她，然后喝了一口啤酒给自己壮胆。

"嗯？"

"你知道你最蠢的地方是什么吗？"

"是什么？"

"就是你他妈在谈恋爱的时候太自以为是了！"我又灌了一口啤酒，才敢接着往下说，"全天下就你一个人受过情伤吗？是不是失恋的人都该去死啊？"

"……"

"爱情就是你遇到的这两种模板吗？是不是你以后喜欢什么人，都会冒出个闺密抢走他？"

"……"

"你……"

这一次胡美丽打断我："闭嘴！"

我赶紧没出息地闭了嘴。

我看着她，她的眼泪已经不受控制。可她咬咬牙，什么都没说，接着吃起了小龙虾。

那天晚上，我和胡美丽痛饮到了天明。

七

天亮回家的时候，胡美丽忽然叫我："文子……"

"嗯？"我回头看她。

她瞪大眼睛，过了一会儿又闭上。嘴巴一张一合，却什么都没说。

"再见。"我说。

她点点头，对我挥挥手，露出一个大大的笑容，然后走入了清晨的阳光中。

　　我并不知道她是否听进去了我的话。

　　可我还是想告诉她，爱情没有一个固定的模板，无法按照条条框框来区分。当它发生的时候，没有人比你更清楚它是否已经到来。

　　不管是校门口帮你把米粉里的葱挑出来，还是为你倾尽所有温柔和耐心，这些都是爱情。

　　但是，你错过了它们，那就擦干眼泪，把这些都当成学习的课程、重要的历程，当下一次爱情到来的时候，不要再辜负美意，学会珍惜，学会坚定。

　　其实爱情的世界里，真的只是两颗心的守护和坚持，只要你握紧勇气，拥有相爱的决心，爱情就一定不会悄悄溜走。

　　在爱里，只有你和他两个人，不该与父母、闺密以及任何其他人有关。

　　总有一天，会有这样一个人，愿意和你并肩作战，握紧你的手，和你痛快爱一场。

　　希望下一次就是。

Diary

爱情触手可及的模样

　　我一直认为，爱情存在的方式有很多种，一见钟情的火花、日久生情的温情、平平淡淡的真实和轰轰烈烈的悸动，每一种都是极其美好的。

　　而我欣赏的是志趣相投的结合，有共同热衷的生活方式，对爱与自由有着相同的理解，可以在夜雨天促膝长谈，也可以在夏日午后安静的空间里彼此沉默不语，可以共赴目的地，也可以分开旅行。

　　这是我所向往的灵魂伴侣的日常，这是我所理解的爱情触手可及的模样。

多花一点时间，

低头看看自己握紧的那些，

然后继续向前走着。

珍惜生活赠予的礼物

一

连续三年，每年冬天我都会到大理过几天慢生活，就像是给自己这一年的奖励，也像是内心的某种仪式。我在这里无所事事地虚度时光，放下心里所有的念头以及日复一日的忙碌，就晒太阳、散步、看书、喝酒，清空生命里的垃圾，然后将那些最美好的事物梳理与储存。

这一次，我又来了。一个人飞离寒冷的杭州，落地大理时，在新鲜的空气里深吸一口气。

大理机场建在山上，每一次飞机快落地的时候，都能看到苍山上覆盖的皑皑白雪，以及飘浮在山脉间自由来去的云。我在出租车后座摇下玻璃，看着远方的云簇拥着洱海旁的古城，一片静谧祥和的模样，好像生活再也没有烦恼、没有纷扰，躲避开城市的喧嚣，人也跟着安静下来。

出租车司机问我："为什么这么多游客都喜欢大理？"他在这里这么多年，早看腻了洱海，觉得北上广这些大城市多好啊，热闹又繁华，有机会的话他一定要离开这里。

为什么要来？我笑了笑，一时间也找不到答案。

就在这时我接到阿铭的电话，他说他和朋友们已经到客栈了，就等着我来。

二

阿铭是土生土长的大理人，也是个渔民。从小到大都带着一张渔网，和洱海相依相伴。不知道是天生的还是日晒雨淋的缘故，从八岁就开始学会捕鱼的阿铭，高高壮壮的，肤色黑黑的，但随便聊点什么，他就会开怀大笑，露出一口大白牙，爽朗而简单。刚开始认识他的时候，我很好奇捕鱼到底是怎样的一种生活方式，觉得那是一种离自己格外遥远的生活。

他便仔细地给我讲起来。他说，对于洱海附近的渔民来说，捕鱼这样的事情大多都像家族事业一般，所以他从小就学会了这项技能。童年的冬天，他常常跟着爷爷去捕鱼，清晨很冷，他被大人用厚棉衣裹得严严实实的，只有眼睛露在外面，可即便如此，寒冷的天气也会令睫毛都冻上一层白霜，偶尔伸出手，手也会被冻得通红。

他看着爷爷捕鱼，学习着如何辨识水域，认识各种鱼类。然后阿铭笑起来，他说有一次还不小心掉到了洱海里，棕色的蓑衣特别沉，可能是年纪小的关系，落水的阿铭特别紧张，他扑腾了好久，喝了好几口水，快要坚持不

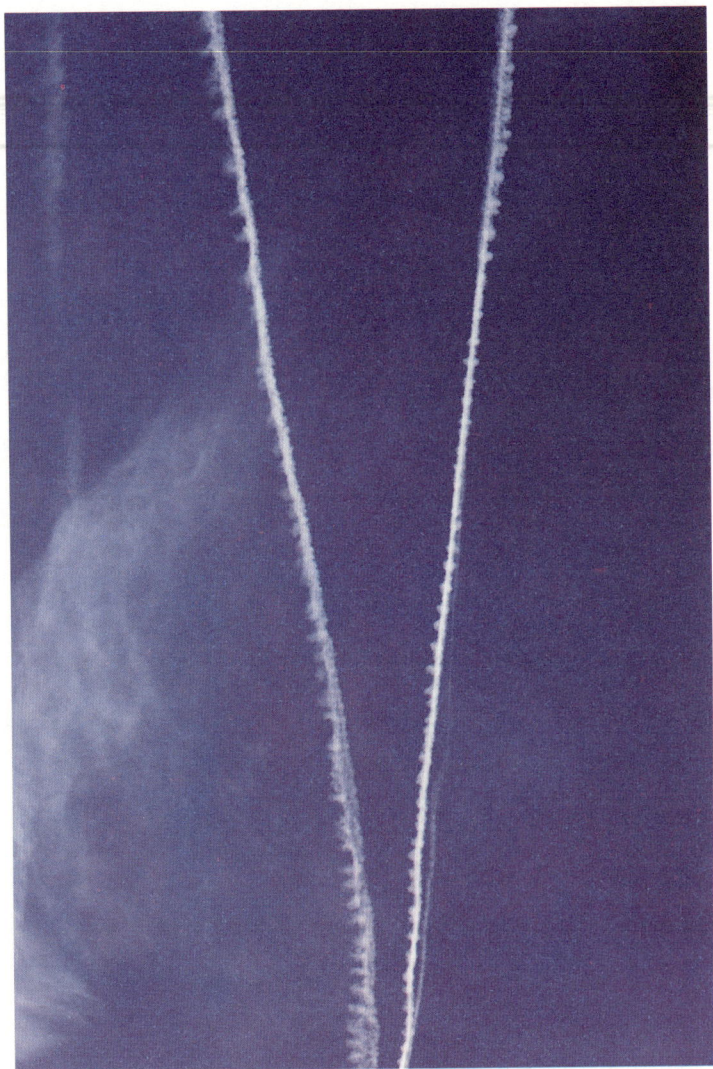

下去的时候被爷爷一把捞了上来，虚惊一场。

　　不像城市里的小孩那样，从小在学校里上课、读书，课外还有很多的补习班，阿铭说他的童年就是放完学就扔掉书包，去山坡上放牛，快天黑的时候，再跟一群小伙伴打打闹闹把牛牵回家。这样的成长经历，让他变得特别知足。和他接触的过程中我发现，他特别容易为一些小事开心，比如，他能把路边的狗尾巴草折成很多形状，他熟悉山里的很多植物，告诉我什么可以吃，什么有毒。他就像一个小朋友，奔在我前面，然后朝着气喘吁吁的我说："快跟上啊，这里有更好看的植物。"

三

　　近些年旅游业越来越发达，阿铭所在的村庄，大部分村民都把房子租给了开民宿的老板，阿铭还在村里住着，因为人少，就经常帮不同的民宿做一些游客的接送和接待工作。

　　阿铭说这些年自己都不怎么捕鱼了，爷爷老了，爸爸妈妈也在民宿工作。他越是接待那些从城市里来的游客，越知足于自己的生活。我问他为什么，他说，因为他觉得他们太过浮躁，甚至连一些最起码的生活技能都不会。虽然这些游客看起来光鲜亮丽，好像很有钱，拥有令很多人羡慕的生活，但如果可以交换，他依然会选择自己所拥有的一切。

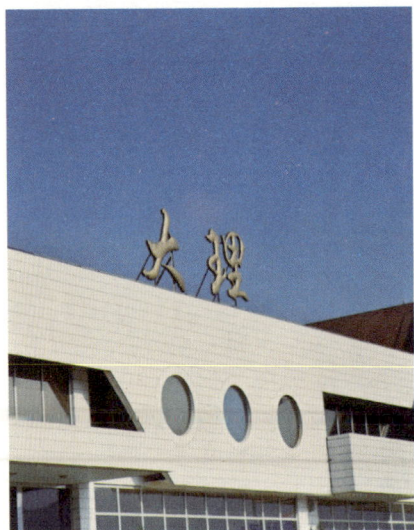

　　我喜欢阿铭这种平和的心态，以及他永远乐观的笑脸。他常说，捕鱼教会他等待，也教会他乐观。从小捕鱼的经历让他知道，你可能坐在船上几小时，也只能捕回几条小鱼，而有时候禁捕期到来，就更是要在不捕鱼的时间去做别的事情。所以如今，无论做什么，他都能耐心去守候一个结果，也能乐观接受一切可能性。

　　"游客眼里看到的洱海，和我心里的洱海，是不一样的。"是啊，每一个来旅游的人，都在这里看到风光绮丽，将这里的平静安宁与城市生活做着比较。但对于阿铭他们来说，洱海代表着童年，也代表了生活。

　　他带着我们到市场里买鱼，只需要用手一摸，他就能通过鱼鳞的光滑度来辨识鱼是不是洱海本地的。然后他用最地道的方法烧鱼给我们吃，他烧出来的鱼，既保留了鱼原有的鲜美，又很有云南特色。将鱼端上桌时，他那份有点骄傲、有点自豪的神情，让我知道，那是一种坚定的勇敢。这份勇敢，让他无须羡慕城市的车水马龙、繁华奢靡，因为他的生活，早已拥有最好的一切，怎么会有任何不满足呢？

　　或许，这世界上总有人习惯于望向别人的生活，活在世俗的眼光中，而忽略掉自己拥有的最珍贵的东西，但也总会有人，无忧无虑，沉醉在每个当下，快乐而简单，好像世俗都与自己无关。

　　他们为自己的选择而负责，珍惜自己所拥有的一切，在自己的生活里用尽所有努力去经营。于是他们的快乐，显得那么珍贵。

四

单亲妈妈小C，也是我朋友中特立独行的一个姑娘。

大学时，她遇到了特别喜欢的男生，为了和他在一起，攒了许久的钱，和他一起到国外读书，盼望着就此能开始相互依靠的生活，毕业、结婚，也许可以一同定居国外，永远在一起。

临近毕业，小C发现自己意外怀孕了。她和男孩相拥而泣，向彼此承诺一定会为共同的生活而努力，让三个人的小小家庭拥有最幸福的模样。

男孩很努力，一个人打了好几份工，会去咖啡馆端盘子、洗碗，去教外国人说中文，然后夜里还要到酒吧做调酒师。他想多赚点钱，让小C能在最好的照顾下待产，说不定毕业后，还能找到稳定的工作，留在这里，买一栋海边的大房子。

但人生没有保险，你永远不会知道下一秒将发生什么。那天，男孩结束夜里的工作，回家路上，被一辆酒驾的车夺走了生命。那是一个无比漫长的夜晚，小C的人生就此陷入了黑暗，眼泪怎么流也流不完。小C忙着处理男孩的后事，还要焦头烂额去交涉这场事故。可她摸着肚子，就此做了人生中最重要的决定。她决心一个人抚养这个孩子，给他最好的教育，给他最好的爱，绝不让他的人生再有所缺失。

身边所有的人都说小C傻，劝她早点回国，更有甚者怂恿她把孩子扔给孤儿院，趁着自己年轻，从头再来，何苦为自己选择一条艰难的路。

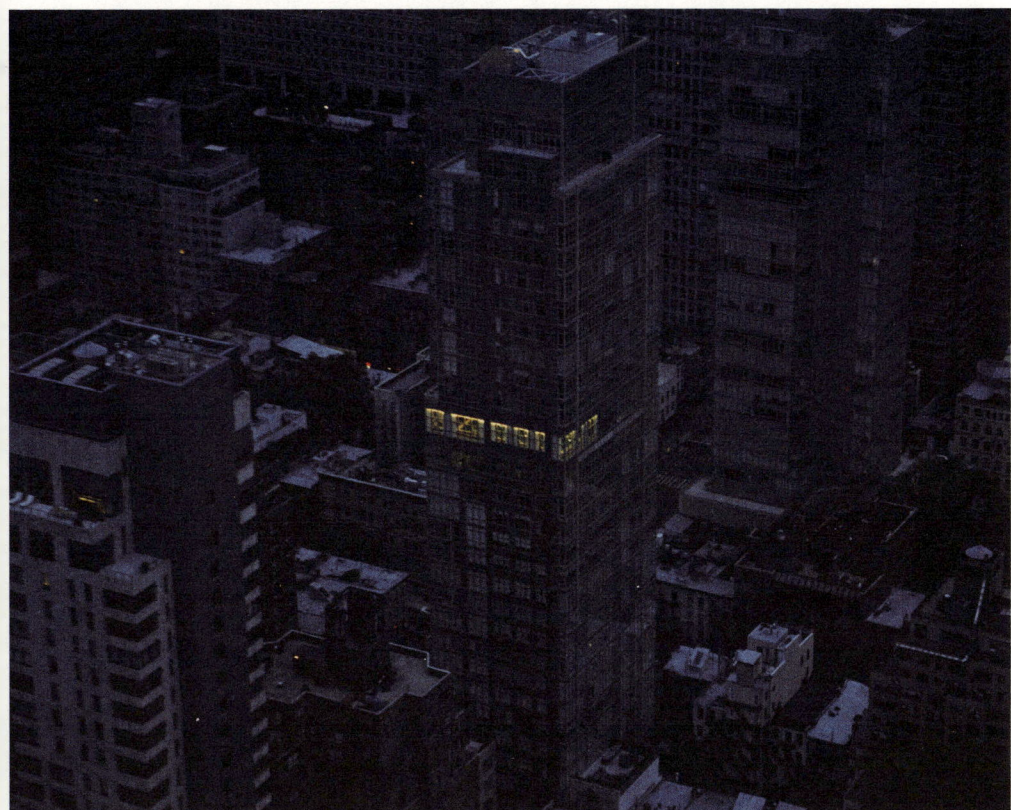

可她说："我被他好好地爱过，这份爱，我想延续下去，这是我的选择。"

很多人都为小C捏了一把汗，不看好她接下来的生活，觉得单亲妈妈一定会受到歧视和排挤，也一定会生活得格外辛苦。可小C几乎没有一分钟透露过不快乐，而是带着满满的能量，继续生活。

孩子出生后，小C先是跟爸妈借了一笔钱，在这边租了房子，调养好身体，然后她找了份全职工作，白天上班，空余时间就去练习射击。因为之前在国内学习过射击的缘故，经过不断的专业培训，她开始尝试去参加专业比赛，从小奖开始，慢慢拿了越来越多的奖，奖金远远高过她的工资。

她从不说自己的辛苦，可我明白，一个女孩子要背负起这样的生活，背后要咽下多少孤独和心酸。好在，她的收入越来越稳定，也实现了对自己的承诺。生活之于她，终究成了一番美好的模样。

现在在朋友圈里，总能看到她带着笑脸晒着生活里最美好的东西。给宝宝买了好看的新衣服和可爱的玩具；周末一个人带宝宝到公园里散步或者到海边晒太阳；在家尝试了新的烹饪方式，做了营养又健康的美食；再或者，她隔空向男孩诉说想念：我过得很好，就是很想你，那你呢？

问起小C为什么能这么勇敢，她只说："生活充满意外，但我想为自己的人生负责，想努力让自己快乐。因为我知道，我们每个人其实都是幸运的，所以，我的人生，既然没有人能代替我去过，那么我一定要全力以赴，过上梦想的生活。"

　　每次想起她，都忍不住为这个女孩的勇敢点赞。也许有人会说，这并不是完美的生活。可是，如今的小C，拥有自己的事业，自己的宝宝，以及内心强大而坚定的力量，她的幸福和快乐，远远超过很多看似圆满的人，不是吗？

三

　　下着雨的清早，我一个人去拍海鸥。回来时，天空开始放晴，阳光洒进酒店的房间里，我躺在床上，那个瞬间，我觉得自己拥有扎扎实实的幸福感，觉得生活已足够善待我们。

　　我好像突然找到了出租车司机那个问题的答案。

　　为什么要来？就如为什么选择摄影，选择旅行，选择开一家民宿，选择成为这样的人。因为生活早已给了我最好的一切，而那些握在手里的自由，那些我拥有的美好，都真真切切，被我珍惜着。

　　是啊，不要去旁观别人的人生，不要总羡慕别人拥有的东西。多花一点时间，低头看看自己握紧的那些，然后继续向前走着。只有懂得珍惜的人，才能在平淡生活里，拥有属于自己的快乐。

　　希望你也是，每时每刻，努力着，也享受着。

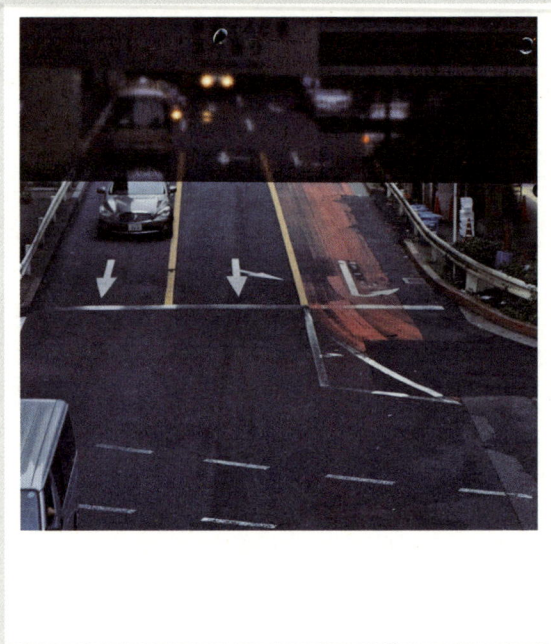

Diary

有没有一种永远，永远不改变

　　经常梦到自己走着走着就消失，就在一条平淡无奇的街道上，黄色的路灯亮起，然后我就头也不回地，消失掉。也许来不及回头吧，说不清楚，就是这样一种奇怪的念想，经常在我脑海中闪现，有点害怕，又有点期待。可能，这就是关于30岁给我的第一个梦境吧。

　　现在，我越来越明白生活的意义是什么，它是一条漫长的抛物线，我们所以为的起起伏伏，在这条漫长的线上简直微不足道，就像海平面的弯曲，像公路尽头的相遇，自始至终它都由不得你去肆意改变。这并不是消极的生活，这并不是冷血地活着，这就是生活本来的样子，你慢慢地擦干毛玻璃上面的水雾，看见真实，它不再是朦胧的美，却真实得让你呼吸均匀，脉象平稳。

　　青春它径直走了，也不管你多舍不得，那些为生命狂欢的，为爱情狂乱的过往，薄如纸片一样，被写下满满回忆，并且开始泛黄。重拾当年的行文造句方式，写下只言片语，我还是恰似我的少年，此般的似曾相识就足够了，谁也回不了头，在这条平淡无奇的街道上。就像电影《人间小团圆》里面的一句台词：你问过我生活要去哪里。其实生活并没有要去哪里，也

就是说，没有目的地，生活就是吸气、憋住，再呼气，再吸气、憋住，再
呼气。

就是说，没有目的地，生活就是吸气、憋住，再呼气，再吸气、憋住，再呼气。

我们都在改变

衣服鞋子新的旧了

头发长了又剪短

走过的路口越来越多

在不同的海岸线看海

失落与获得

交织着逆向而行

岁月的美

就留在初相识的日子

然后呢

我们一起走吧

我很喜欢现在的样子

希望你也是

此时此刻不知道她又去了哪里，

但我确定，

她一定还是快乐地在这个世界上行走着。

生命美好又短暂，值得全力以赴

Chapter 10

一

在渔山岛拍"青春无期"那组写真的旅途中，我碰到一个真正青春无期的阿姨。

最开始，我喊她"姐姐"，但她跟我说："估计啊，我都跟你妈妈一个年纪啦！叫我张姨就行。"

张姨和我们住在同一家民宿里，她黑黑瘦瘦的，一副特别干练开朗的模样。因为骑自行车环岛旅行的缘故，阿姨在民宿住了好些日子，有时候她会跑到天台上帮民宿老板晾床单，或者在民宿大堂里帮着给客人端杯水，第一次看到的时候，我误以为她是民宿的工作人员。但后来聊过几句便认识了，她总是笑容满面，每次碰到我们都会打个招呼。

那天拍完照，据说下午的气温已经高到30摄氏度了。我们几个累得瘫倒在海滩旁边的躺椅上，而张姨刚和一群二三十岁的男孩骑自行车回来，额头被晒得都有些发亮，她笑嘻嘻地跑来问我们："有没有人想跟我一起抓螃蟹去？"

　　我们都瞠目结舌，惊讶于阿姨的体力。大家说太累了不想动，太晒了怕晒黑，阿姨就嘲笑我们说："你们这群小年轻，还没我一个老太太有活力！"然后，她就自己一个人带了个网兜，跑到海边抓螃蟹。天很热，躲在屋檐下的躺椅上我们都汗流浃背，但阿姨蹦蹦跳跳地在沙滩上跑来跑去，偶尔抓到一只大的，就会拎起来，挥舞着双手喊我们看，一副特别骄傲的模样。

　　太阳慢慢西斜，阿姨拎着一小兜螃蟹走到我们身边说："看我的战果，阿姨还是宝刀未老吧？走，咱回民宿，阿姨蒸螃蟹请你们吃！"

　　海风吹过来，空气中弥漫着新鲜螃蟹清蒸后的鲜美味道。坐在民宿的院子里，阿姨忙前忙后照顾大家，摆餐具、端菜、给大家分螃蟹，然后笑眯眯地坐下跟我们聊天。

　　我忍不住问她："阿姨，你体力怎么这么好啊？又骑车又抓螃蟹，还能有力气烧饭，不累吗？"但张姨说："我今天虽然一口气骑了五小时，但年轻时吃的苦比现在多多了！这点累算什么，我开心得很！"

　　然后，吃饭时，张姨说起了自己的故事。

二

　　张姨说，自己在几年前其实差一点就要死掉了。

　　她是北方一座小城市里的医生，大学毕业后就留在医院里工作了。平时的生活，几乎就是围绕着家和医院两头跑，早上一睁眼就去医院，晚上刚到家就累得立刻洗澡睡觉。日复一日，她大半辈子里，早已经习惯了闻消毒水的味道，也习惯了眼睛里全是白大褂和白床单。

　　但50岁那年，张姨突然得了一场大病，需要做一场大手术，而且手术有一定风险。家里人觉得这就像晴天霹雳一般，她先生和儿子都很担忧，但阿姨在医院里见惯了生死，心态放得很平。

　　手术前，张姨和家人说，放宽心，同事们一定都会竭尽全力给她做治疗。只是当她被推进手术室，一个人躺在病床上时，在炽光灯亮得发白的光线里，她看着那待了大半辈子的环境，突然觉得一切都很陌生。她说，那一小段时间里，她几乎从头到尾回忆了一遍自己的人生。

　　和大多数阿姨辈的人一样，张姨毕业、工作、结婚、生子，她在电视和书里看到远方的模样，读书时，也做过环游世界的梦，但每一天睁开眼，白天她要为病人而忙碌，晚上要替儿子丈夫打理家事。她好像永远在为别人而活，却从来没时间去想一想自己想做什么，自己有什么心愿还没有去好好努力。

　　于是，她盯着病房的天花板，在手术开始前，为自己许了个愿望。她想，如果自己能顺利康复起来，那么她一定要对自己的人生洗牌，去真正地活一次，全力以赴去做所有一直想做，但没能做到的那些事，把年轻时的梦想，趁真正老去以前，全部实现。

　　所以，当张姨手术成功回了家以后，她和家里人说了自己的这个想法。好在她先生特别理解，给了她很大的支持，而他们的儿子也已经完全独立了，阿姨不必过多操心。阿姨说，那一次就好像是生命里的一个契机，打开了一个酝酿了大半辈子的礼物。于是她先在家里用一段时间将身体完全调养好，然后就跟医院辞了职，打包行李，做行程规划，潇洒地走出来，从南到北游荡着，去看风景、去做运动、去尽情享受阳光和海风。

　　听到这里，小伙伴们都特别惊讶，有几个人还为阿姨鼓起掌。她依然大笑着，然后说："所以你们这些小朋友，趁着年轻，精力十足，一定要尽情享受生活，尽情追逐梦想啊！"

三

　　第二天，几个小伙伴坐船出海，我一个人在民宿一楼看书。吃早餐的时候，阿姨就坐在附近的桌子旁。她端着早餐坐下来陪我聊天，然后问我："文子，你别老窝在屋子里，阿姨昨天路过一片秘密海滩，想今天再过去看看，我们骑车去，怎么样？你是摄影师，也可以拍拍照片，那边很好看！"

　　虽然我有点怕晒，但很好奇那片秘密海滩的样子，于是就答应了，背着相机和水，跟阿姨一起租了民宿的自行车骑车出发。

　　我们沿着公路一直骑，大概过了半个多小时我就累得骑不动了。张姨就

在前面骑，领先一小段距离，不停回头给我加油打气。过了一会儿接近中午时，张姨说我们可以先到旁边的小饭馆吃点东西休息下。我累得一口气喝了一大杯水才缓过来一点，张姨就笑笑地看着我，吃饭时，给我讲起她这趟漫长旅行中的很多经历。

她曾经在山东的海边跟着渔民夜里去捕鱼，两三点就要起床，开很久的船才能捕回一些小鱼。虽然收获不多，但她觉得特别有意思。最好玩的是，早晨她就跟着渔民把鱼带到市场里去卖，她还学了几句山东话的吆喝声喊给我听，说下次有机会一定要做鱼给我吃。

翻开手机，她说："你看我朋友圈里，很多老同学现在就像阔太太一样，在五星级酒店喝下午茶、拍照片，但那样有什么意思嘛，我可不喜欢！别看我黑不溜秋的，但我觉得，我好看着呢！"然后，她大笑起来，笑声回荡在整个海滩。

吃完饭继续上路，又是一段骑行，上坡路我骑得很慢，她就不停向我喊："就快到啦！加油啊！"

那片海滩要从山附近的小路绕过去，很隐蔽，一个人都没有。等我快骑到了的时候，我看到阿姨拿着手机在给自己录一个小视频。我气喘吁吁跑到她身边，她回头笑着跟我说："我啊，在每个地方，都给你叔叔录一段话，明年我们就结婚整30年了，到时候我想把这个刻成一张DVD送给他。这风风雨雨一辈子，我能碰见他是我的福气。要不是有他的支持，我也没办法像现在这样自由地去做我想做的事情。"

阿姨说这段话的时候，像一个少女，浑身散发着光芒，让我特别感动。

四

我们在沙滩上坐下，风吹过来，眼前一片湛蓝，特别美。我称赞阿姨懂浪漫，然后阿姨讲起她和她先生恋爱的经历，也说到自己的儿子现在开了一家公司，虽然30岁了还没结婚，但每天都很有奔头，很开心。

于是我问阿姨："他没结婚，您不着急吗？假如他一直单身，您会答应吗？"

阿姨愣了一下说："你们年轻人嘛，和我们这代人不一样！你们有自己的生活，也有自己的世界观。我儿子结不结婚，或者结婚以后要不要孩子，就像你们流行的那个什么'丁克'，不管他怎么选择，只要他快乐、高兴，我这个当妈的，就都支持！"

其实我那天心情很差，因为早晨刚接了妈妈的一个电话，在电话里，她情绪特别沮丧。她说前几天帮舅舅做事不小心腿有点受伤，她难过这个时候我没能在身边，也觉得如果我已经结婚，她就能享享清福，不必再忙前忙后到处跑，而是能安安心心带孙子了。

这份落寞，也成了我的压力，让我很难过。我和张姨便说起了这件事。

奶奶一百岁生日的时候，我回了趟老家。当时所有的亲戚都回去了，

Beautiful You

四五代人聚在一起。很多兄弟姐妹都成了家，带着自己的另一半还有小孩，热热闹闹聚在一起。那天我妈跟几个伯母一直在厨房里忙着做饭，于是很多许久不见的亲戚就问起了我的生活。

其实我知道，那些询问里，掺杂了随口一问、真切关心，以及一些莫名的讽刺。而我妈全程没有参与到那些聊天里，她就忙前忙后地张罗着饭菜，低头不说话，好像结婚这个话题，让她不知如何回应。

有个伯伯跟我说："你啊，知道吗？你妈为了你的事，总是着急得睡不着觉。"我转过头看着妈妈落寞的背影，心里特别酸。我很想告诉她我有我的人生规划和选择，但我也知道她背负的压力，以及她的为难。

说完这些话，我叹了口气，而张姨依然是爽朗地笑，她说："傻孩子，看把你愁的。但就算是父母，有时候也不一定能真的懂得孩子的心思。我们这一代人，生长的环境和你们不同，所以我们也有我们的局限性，可能你妈没有张姨这么开明，就像我身边也有很多人不赞同不理解我如今做的事情一样。但无论如何，你只要知道爸爸妈妈永远是这世界上最珍惜你、最盼着你好的，就够了。"

那天，坐在沙滩上，我们聊了很多很多。也许这就是类似"忘年交"的一种友谊吧，我们各有立场，各自代表了一个时代、一群人，但却能平等地说说自己的想法。往回骑的路上，也许是因为心情愉快了许多，我和阿姨边聊边骑，踩着晚霞，竟轻轻松松就回了民宿。

王

第二天我们就要离开了，我和阿姨告别时互加了微信，她说："文子，对你爸妈的催促放宽心。有一天，用你真正的幸福证明给他们看，等待是值得的。"

离开渔山岛，在朋友圈里，我看到阿姨又去了许多地方，她去台湾环岛旅行，去大理骑车环洱海，也去了泰国的海边学潜水。

"别止"在开业前，有一段时间特别艰难。因为装修和很多决策性问题，我一度差点丧失信心，觉得店要开不成了。

那天看到阿姨发了一张照片在朋友圈，是她潜水的照片。我留言说："张姨，好羡慕您啊！"然后她在微信上发来一个鬼脸，问我："是不是有什么不顺利的事，可以跟阿姨说说。"

我和她说了这阵子的压力，我说，我很怕白忙活一场，压力很大，很疲惫。

然后她讲了一个自己的经历给我听。她说在台湾的时候，有一次要跟几个同伴一起骑车上山去看日出。他们夜里3点多就出发了，因为夜路不好骑，入秋后又很冷，所以骑行过程特别辛苦。路上，大家就给彼此加油打气，然后他们玩了一个游戏，唱歌接力，第一个人唱四句，第二个人要从歌词里找一个相同的关键词来唱下一首歌。

6点多，他们终于骑到了山顶，满怀希望地把车停在路边，跑到山崖的制高点。但那一刻，没想到的是，山上云雾缭绕，眼前是白茫茫一片雾气，看样子这天根本就不可能看到日出了。

可是，没有任何人沮丧。大家开开心心坐下来，从包里掏出热乎乎的茶分享给彼此喝，然后拿出小饼干和小点心，伴随着渐渐亮起来的天色，愉快地吃早餐，聊天，然后唱着歌骑下山继续接下来的旅程。

讲完这些后，张姨问我："阿姨问你，在开民宿的过程中，你快乐吗？"

我仔细想了想说："这段日子里，我收获了很多人的鼓励和期待，也有很多好朋友全力以赴在帮忙，我自己每天都觉得很有动力……"

话还没说完，张姨就打断了我："你看，这就对了！有时候做一件事，结果并不是最重要的，在过程中你成长了、进步了，这才是对自己来说最有意义的事啊！"

在她面前，我就像一个小学生，许多困扰我已久的问题，都被她轻松拨开，成为不值一提的小事。挂了电话，我回她一句谢谢，然后张姨发了一张那天清早山上的合影给我看。一群人里，她依然是笑得最开心的那一个。

很多时候，我都仿佛听到了一起骑车那天她回过头对我喊的"加油"。此时此刻不知道她又去了哪里，但我确定，她一定还是快乐地在这个世界上行走着。

因为生活美好又短暂，所以任何时刻都值得全力以赴。而在这个旅途里遇到的张姨，她教给我的事，我都会牢牢记住。

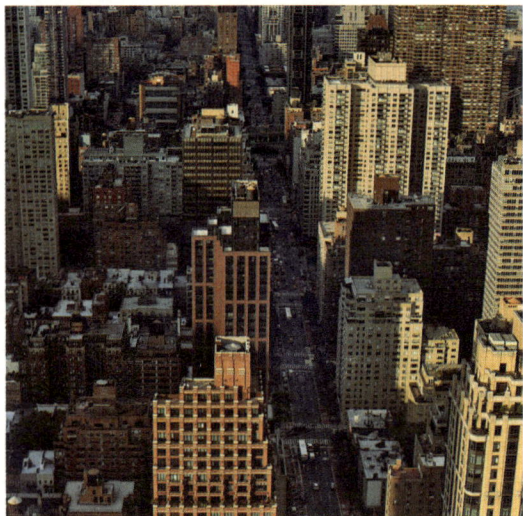

Diary

城市森林，爱慕你的美，假意或真心

很多人说厌倦城市的冷漠

形容它是用钢筋水泥浇筑的"森林"

可我们心里最清楚

为什么城市充满魔力

让你在爱恨之间欲罢不能

因为你所在的那座城市里有你的生活

你走过无数次的斑马线

喜欢的咖啡厅和早餐店

深夜独自乘坐的末班车

有你的春夏秋冬又一年

城市森林

爱它冷峻的美

也接受它的假意或真心

长大的这些年里，

父亲总是沉默而威严的模样。

他不去解释为什么，对于我们，只用他的方式去教育和爱着。

生日快乐

Chapter 11

一

　　父亲63岁的这个夏天，我30岁生日。

　　30岁在老家是很重要的生日，我没成家，父亲怕我一个人冷清，他说他想来看看我。

　　接到他电话的那天，我正在赶往机场的路上，我说："爸爸，我一会儿再给你打过去，我现在在忙。"随口一句推托，却换来那边小心翼翼的支支吾吾，父亲说："如果你有别的安排不方便就算了啊，我也是听你妈的话，随便问问的。"

　　等我回来，立刻帮他订了车票。

　　半个月后，父亲便来了杭州，我去火车站接他。春节一别，八个月不见，却竟觉得他好像老了很多。他从电梯下来时看到我在出闸口，使劲朝我挥手，像一个老小孩，我迎上去接过他的行李，至少有几十斤重，我问："袋子里是什么东西啊，要你这么远背来？"

　　他说："你最喜欢吃的梨啊，自己家院子里的那两棵梨树，今年结了好

多梨，你上次不是还问了吗？我就想着带一些给你吃。"

院子里的那两棵梨树，是我读小学时种下的，嘴馋的我，每每还等不到果实成熟，就会爬到树上去摘。几个月前，母亲电话跟我唠叨，院子的梨树长太高了，现在我不在家，姐姐也早嫁人了，每年的梨子都只能送邻居，他们根本吃不完。我当时随口接了句："好可惜啊，我都吃不到。"可能就是这句随口的回应吧，让父亲不远万里，带着它们来到我身边。

无论身在哪里，无论什么时刻，最珍视你每句话的，永远是父母。

二

从小到大，我都最喜欢吃妈妈做的烧茄子，所以漂泊在外，我去每一个饭店都会点红烧茄子，但始终都不是妈妈烧的那个味道，我想，那就是独属于妈妈的味道吧。有一次也是无意和妈妈说起想吃她做的茄子，就是电话里的这一句话，变成了一周后我收到的一大袋家乡寄来的茄子。妈妈说，没办法寄做好的菜过来，就手写了一张食谱，然后嘱咐我可以让工作室请的阿姨做给我吃。

阿姨照着烧了，虽然不是一模一样，但吃到嘴里的时候，还是觉得心里特别温暖，觉得妈妈的爱就这样传递到了我身边。

而这次爸爸千里迢迢背来的梨，被我翻出来时，它们被捂得有些发烫，

Beautiful You

它们比我童年记忆里的那些梨大了好多。

　　父亲像做客一样，在家里显得有些手足无措，我看着不断收拾行李的他，背影有些落寞，好像不知道从什么时候开始，他的背已经开始有些微驼。印象里曾经是军人的父亲，永远高大威武，永远坚忍有力。而现在，他坚持要自己去橱柜上拿几个盘子，却只能努力地踮着脚，然后一个一个拿出来递给我，一边数着一二三四，一边严肃地叮嘱我："小心点啊，别摔碎了。"

　　睡前，我给姐姐发微信："姐姐，爸爸原来这么老了，当年那个在梨树下追着我们打的父亲不见了。"

　　姐姐回了我一条："我们太不孝顺了，能陪他们的时间，那么少。"

　　那个晚上，我特别难受，总觉得胸口被什么堵住了。

三

　　因为父亲的到来，那几天，家里有了烟火味。

　　早晨我睡到自然醒，却看到他大概早就醒了，不忍心吵我，只一个人躺在床上发呆。我想带他去试试杭州的小吃，他却不肯，只让我陪他去附近的菜市场买菜，他说外面的食物太油太咸，哪有家里做的好吃。

　　父亲做的鸡汤面，一碗就把家里的味道带了过来。鸡汤沸腾以后，放面进去，加少许盐、姜片和葱花，原汁原味。我从小就爱吃。

但还是跟过去一样，每次父亲的碗里都是面，一块鸡肉也没有。他总习惯把大鸡腿夹给我吃，问他为什么不吃，他就说鸡腿肉太油腻，不喜欢。从小到大这么多年我也习以为常了。

直到去年去看外公外婆，跟外婆聊起父亲的喜好，外婆说："你爸啊，最爱吃鸡腿肉，他刚跟你妈刚结婚时，每次来我家，都表现得很好；但是只要是桌上有鸡出现，他总是毫不客气地夹起鸡腿就啃，不顾形象却也是很实在，可见有多爱吃。"

我问外婆："为什么我从小就记得父亲不吃鸡腿啊？"外婆笑着摸摸我的头说："你当家了就会知道，为人父母，总是会把最好的，留给孩子。"

那天我开玩笑一样跟他聊起这件事，我把鸡腿夹回给他，跟他说："时代不同了，你不要一味地对我好，你跟母亲要习惯对自己好。我们在外面，别说一只鸡，吃一顿山珍海味，都不难。"

他看着远方，不说话。

四

白天我带他去逛街，想给他多买几件好衣服和鞋子。他却不肯，每个都翻翻价格，便说不喜欢、不耐穿、不好看。我知道他嫌贵，在父母心里，儿女赚钱总好像吃了天大的苦头一样，他们一分都不忍心花。后来我跳过看价格的环节，直接帮他做主，选了鞋和衣服。他半发脾气一样说我乱花钱，却把鞋子穿在脚上，不停低头去看，像那些年春节的我们盼来一件新衣服那样珍惜和高兴。

他不言不语，想藏起来的心事和心情，如今我却都慢慢看懂了。

以前我一个人在外面读书，钱花完了，不敢问妈妈要，就偷偷跟爸爸说。每一次，他从不问我拿钱做什么，都会直接塞给我。他只告诉我，一个人在外面要吃饱穿暖，钱拿着别学坏、别乱花就好。然后还不忘嘱咐我："别告诉你妈哦，免得我被唠叨。"

可他自己却不舍得去买一双新袜子或一件新衣服。

小时候，爸爸开货车去市集上卖河沙。每天早上5点起床，先要到另一个镇上运河沙，7点钟再开车到县城的市集上去卖。如果卖得快，就刚好回家吃午饭，不然的话就赶不及午饭，却也舍不得去买一碗面给自己。

爸爸的车特别旧，每次回家时，车上有一扇铁门总是哗啦哗啦撞得很响，我听到那个声音就知道是爸爸回来了。现在我闭上眼睛，还能记起那个声音。但他从来不觉得辛苦，因为他的奔波，是为了给我们更好的生活。

其实爸爸以前在部队，因为超生了我，被开除了党籍，回了老家，当了司机。爸爸从没抱怨过什么，现在想来，妈妈那时的爱太汹涌，她总是在我成绩退步时，叹着气说："你还这么不争气，爸爸因为你，被开除了党籍。"很长一段时间，我都觉得自己是这个家庭的累赘，因为我，让这个家庭变得一塌糊涂。

中考那一年，我因为偏科，只读了一所普高，想必离重点大学的距离又远了一大截，去学校前的那个晚上，我跟爸爸讲了我的顾虑，也讲了这些年妈妈给我的压力，他有些激动和惊讶，但是他说出了这辈子我听过最感人的话："你是爸爸的宝，爸爸拿命跟你换都可以，何况是一个前途和未来。"当时的我，就暗暗发誓，以后一定要有好的前途，让爸爸妈妈早点享福。

后来我在高中的三年，因为遇到恩师，人生被开了光，去市里当了学生记者，还考上了理想的大学。

再后来的我，在职场最风生水起的时候毅然离职要做自由摄影师，做摄影师这几年，我有了自己的团队，又换了个大一些的房子，在去了全世界很多城市之后，选择在杭州开了一家叫"别止"的咖啡馆和民宿，实现了自己大学时的梦想。

其实从高考填写志愿开始，我每一个阶段比较重要的决定都会问父亲的意见，他的回复基本上都是：那就按照你自己的想法去，挺好的。他从不建议或反对什么，父亲无条件的支持让我任性自由，最终变成了自己想成为的人。

五

这几年，我经常给父母打钱过去，我总开玩笑说，虽然无法帮父亲圆再次入党的梦，但总算可以让他们享享福，不后悔生我这个儿子。

去年因为在杭州又买了房子，加上要装修别止，一下子有些周转不开，他问我钱够不够，不够的话跟他要。我问他："你都退休了，你哪儿有钱？"他在电话那边特别有底气地说："有啊！你给我的钱我都给你存起来了，一分没花，都给你留着呢！"

这时候，我特别心酸。在老家比爸爸年纪更长一些的伯伯们，都很享受生活，每天钓鱼、下棋、玩牌，但爸爸妈妈却还是去干活儿。他们说："我们如果这样去玩，会被人指着脊梁说坏话的，你的钱大有用处，我们多做一点，才能帮你多存一点。"

六

有天晚上，睡前他说想去楼下走走，我便陪他下去散步。聊着聊着，他跟我说了一件我都快忘记的小事。

我十岁生日的那年，父亲买了好大的一个西瓜回来，那个年代家里没有冰箱，父亲就把西瓜浸在水里，姐姐午睡醒来贪吃，切了一块，被父亲狠狠地打了一顿。他训斥姐姐说："今天是你弟弟的生日，这是留给弟弟的礼物，应该等弟弟一起。"

父亲说："你知道吗？你姐姐曾经一直因为这件事情觉得我重男轻女。其实在父母心里，孩子都是一样的。那天如果换作是你偷吃了，我也会打的。"

长大的这些年里，父亲总是沉默而威严的模样。他不去解释为什么，对于我们，只用他的方式去教育和爱着。

可是在我的记忆里，父亲其实是最疼姐姐的，姐姐有当年最流行的音响，还有新的跑鞋，还有我们当地最酷的自行车。

出嫁的那一天，姐姐给父亲敬酒，哭花了妆，父亲跟姐夫说："从今以后，我把我的女儿交给你，如果你敢打她，我一定不会放过你。"

我不知道青春期的姐姐，对父亲有过多少误解，反正从那以后，父亲再也没有打过我们。

而姐姐有了小孩之后，有一次我看到父亲跟小外孙说话，一副可爱的神情，是我长大这些年从没见过的模样。我突然在想，也许在我小的时候，父亲也是这样哄着我、带我玩，但他为了树立做父亲的威严，藏起了很多的爱。这些爱变了个模样，却从未减少过一丝一毫。

χ

那几天，我尽可能多地抽时间陪父亲到处逛。他总让我快点去工作，可我知道，他一个人在房间里没有任何事做，只能熬时间，等我回来。可是，又有多少个平常的日子，他就在这样的等待里盼着团聚，我不得而知。

想分享的话题，有时候成为一种遥远的疏离；想倾诉的想念，却又在日复一日的忙碌里成为无法解决的难题。

如今，我有幸做着自己喜欢的工作，过着衣食无忧的生活，可每次回到父母身边，都会卸下这一切，做回一个小孩。

也许离开了家乡，奔赴别的城市，我们都觉得自己已经过得很好了，并且试图去改变父母的生活。但他们依然在自己的生活里，把所有你给他们的好，留起来，化为给你的好。

爸妈总说，赚多少钱不重要，重要的是你要开心。但我知道，父母对我这一百分的爱与包容，才是我自由拥有这一切的基础。

父亲离开杭州那天，微微下着雨。我送他到车站，看着他上了车，回头站在远处，小小的身影不停向我挥着手。

是啊，没有改变的，还有父亲隐忍的爱，就如回去后我才发现床头放了一个红包，背面写着：儿子，生日快乐。

Diary

给爸爸

一

　　接到妈妈的电话是在回杭州的高铁上，我说我不太舒服，昨晚跟朋友聚会太开心，喝了很多梅子酒。妈妈教育我不要贪杯，对身体不好，电话那头传来爸爸的声音："没关系，别听你妈唠叨，老朋友见面喝开心才算过瘾啊。"

二

　　应该是男人更了解男人，跟爸爸的沟通从来就没有过障碍，小时候，妈妈也一直扮演着黑脸的角色，爸爸也总是充当和事佬，即便是高考填写志愿他也都是随我自己。后来因为喜欢拍照，辞掉自己稳定的工作，他对我的光怪后来也没有更多的惊讶，他安慰忧心忡忡的妈妈，对她说："男儿志在四方，他愿意玩，就任由他去。"

三

　　这两年，爸爸老了。我了解他，60多岁的他，已经不想只当爸爸，他应该是想当爷爷了。偶尔几次也打电话旁敲侧击地问我是否有交女朋友，过一会儿就会再像孩子一样回一个给我，"刚刚你妈妈在啊，我不催你她会不高兴，你好好忙自己的，恋爱的事情也急不来。"

四

今天给他打个红包，我说最近很忙，没有心思准备父亲节礼物，他说："以后再打钱给我就要翻脸了，你有太多要用钱的地方，而我跟你老妈根本也花不了什么。"

五

每一次飞机起落，都会第一时间给爸爸报平安，再晚也都会有秒回。

他们带着这世上已无比罕有的天真，

在复杂而嘈杂的世界里，

拥有着只属于自己的天地。

这世界总有人天真无邪

一

在新西兰旅拍的时候，我和浩森说，这一路我都没"哇"过，直到我到了皇后镇。

皇后镇位于新西兰瓦卡蒂普湖的北岸，被著名的南阿尔卑斯山所包围。它干净而纯粹，湖水与天空都是饱和度高到爆炸的蓝色，眼睛得到清洗，视线范围内的一草一木，都有着特别灵动的美。据说在冰河世纪，这里是被冰河所覆盖的，大概正是这么令人惊奇的历史，让这里景色变化万千，湖光山色如仙境一般美到极致。

而我在这里，碰到了Kevin。他是美国人，两年前带着未婚妻来新西兰度蜜月，因为两个人都太喜欢这里，于是结婚后，一起辞职，带着他们之前的存

款，在这里长租了一个小房子。

我特别惊讶，而Kevin对我的惊讶也表示很惊讶。我说，因为我身边太多人都习惯抱怨。他们向往着远方，向往着环球旅行，可是谁都不想放弃自己的工作，更别说倾家荡产，只为在一个喜欢的国家无所事事地住一住。

但Kevin说："我们没有无所事事呀。我们在看每一天湖水的变化，去拍夕阳，偶尔也会开车追着日出跑。我们在网上开了一个博客，去更新每一天观察到的新景色、尝试过的餐厅，我们把蜜月变成了一个'蜜年'，用这个方式去纪念和记录我们的爱情。"

"但总有一天你们要回国呀，不担心到时候的工作吗？"我问。

但Kevin耸了耸肩膀说："不担心。现在对我来说最重要的，就是享受当下的每一分每一秒。以后要发生的事，以后再说吧。"

这句话很耳熟，因为像极了浩森的人生观。曾经我问他："你越来越老了，再过两年没人喜欢你了怎么办？"他说："噢，以后的事情以后再说吧。"然后翻开他新买的书，喝着咖啡慢慢读。我认识他12年，他都这样，没有不开心和一丁点负能量，不留恋往事，也不追问明天，他珍惜当下，云淡风轻，惬意自在。

而这些故事，我总是很想讲给我一个朋友听。

二

　　阿晨在南方沿海的一座城市里工作，做一名销售，但是因为每次在全公司的业绩都是第一名，所以他的收入高到惊人，甚至远远超过一线城市总监级别的薪水。

　　可我每一次见到他，每一次聊天，他都会止不住地叹气。他说，因为自己销售业绩太好，因为竞争太激烈，所以身边一个朋友都没有。说完后，再长长叹一口气，满是无奈而数不清的委屈。

　　我曾经问过阿晨："如果不喜欢这份工作，为什么还要继续做呢？如果觉得不开心，就应该放弃，去找一份能让你轻松一点、舒服一点的工作。但如果你为了高薪水，愿意继续去做，那就应该调整好心情，让自己的每一天从心态上轻松一些。"

　　可他只摇摇头，他说，连自己都知道自己的负能量太多，却找不到任何方法去改变它们。

　　好像对于阿晨而言，生活充满着无数的担忧。当商场里贴满节庆的海报，他就会想到自己又将一个人过节，然后就无所适从。当好不容易凑到假期去远方旅行，看到的每一幕，他都会与自己生活中的一切做对比，觉得眼前再美好有什么用呢，还不是很快就要回到原本的生活中。他看到别人秀恩爱，会觉得自己也许终其一生都得不到爱情。他想去买一件昂贵的奢侈品，却又总觉得自己熬了那么久，那么辛苦才赚来的钱，到头来只能换一个个冰

冷的物件。

可是，也有另外一些人，在单身的时候，努力去修炼自己，随时信心满满地让更好的自己等待对的人靠近。在去远方旅行的时候，记录眼前所有美好的新鲜事物，然后将它们化作生活中的勇气和养分，回到原本辛苦和单调的生活里，继续为下一次出发做准备。看到别人秀恩爱，便对爱情能为普通男女所带来的光芒而深深感动，期待总有一天自己也遇到那样一个人。用辛苦赚来的钱买礼物犒劳自己，自己给自己奖励，把任何一个平凡的日子，都变成生日或节日。

于是，每一次从朋友或微博私信里听到抱怨和不满，我总是一次又一次想到Kevin，并深深喜欢着，也羡慕着如他一般的人。赚来的每一分钱，最以物尽其用的方式，将它们用来享受生活，去换取最喜欢的、最能讨自己欢心的一切。他们从不担心明天天会塌，毕竟那是明天才需要去担心的事，而眼前，只需要在乎这一秒自己是不是快乐，自己是不是感受着这个世界最美好的东西。

他们带着这世上已无比罕有的天真，在复杂而嘈杂的世界里，拥有着只属于自己的天地。他们的快乐变得格外简单，因为不需要去羡慕别人拥有的东西，或者为自己没有的东西而感慨，他们只拼尽全力去为自己而争取，然后，让每分每秒都尽可能快乐。

三

　　新西兰最后一晚，我在这里看到了旅途中见过的最美的星空，每颗星星仿佛都触手可及。星空下，我一直在想，我们总是自己将自己捆绑，总是不经意就被这世界改变了初心，将目光放在别人的身上，而忘了珍惜自己所拥有的一切。但就如此刻一样，最美好的东西明明就在眼前，心思却牵挂着那些需要交给时间去解决的事，不是白白辜负了好时光吗？

　　或许我们都应该如Kevin那样，活在当下，行在当日。

　　离开新西兰前，我给阿晨寄了一张明信片，我说：分享给你新西兰的湛蓝，以及我在这里所了解到的"活在当下"的意义。你知道吗？每一个此时此刻，都是余生最年轻的时刻，都应该尽情去拥抱。愿你快乐。

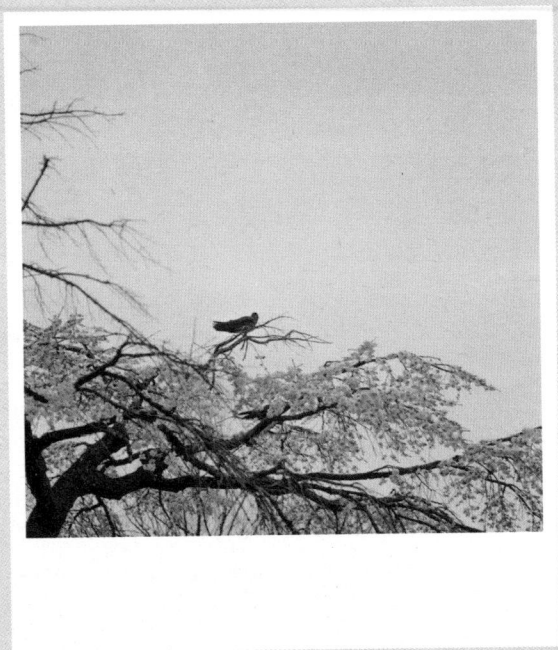

Diary

那些细小声音，宛若生命救赎

我喜欢聆听周围细小的声音。

那些轻细的低语对我来说宛若生命的救赎。

自然而然地将我的目光引向那些细微的事物。

在涩谷散步时，我会情不自禁地奔向一小丛路边的野花。

也许别人会感到奇怪，但是我自己却很喜欢这种安静的关注。

我们活在与别人的比较当中，总是开启一段段仓促的旅程。

可我们又都喜欢安宁的地方，

面对一方山林，手捧一杯清饮。

择一别院居止而歇

Chapter 13

一

30岁这一年，"别止"是我送给自己的一份礼物。

在拍照、旅行的这些年里，我们去过很多国家和城市，住过许多民宿和酒店，也在许多咖啡馆度过一段又一段悠闲的时光。

在一本杂志的专栏里，我写到曾经的梦想。我说，大学时代的梦想就是开一家咖啡馆，左边进去是个咖啡馆，右边小门进去是个小书店，最好还有一个后院，可以和朋友们在里面喝下午茶。

浩森看到杂志时，轻描淡写地说："那就开一家呗？我们去了那么多地方，把想分享的一切，都留在这个空间里，不是挺好的吗？"

开一家自己的店，这个曾经无比遥远的梦想，在日复一日与别人的店相遇时，在我们都经历了成长和沉淀时，在朋友坚定的鼓励下，慢慢清晰了起来。

二

偶然一天，浩森跑回来跟我说发现了一个很适合做民宿的地方。那是一栋三层的民房，在杭州毗邻西湖的玉皇山路8号，刚好可以改成一栋别墅。他说特别喜欢这个院子，他手舞足蹈的样子让我迫不及待想见到它。第二天一早我去了这个地方，那天，轻风吹着院子里的植物沙沙作响，房东正带着孩子读书，一切都那么惬意美好，我知道，就是这里了。

这幢房子并不临街，它被一片小树林包围着，从一条小路走进来十几米左拐就会看到这幢房子，但它有一个大的院子，这样的隐蔽刚刚好。院子里长满了植物，郁郁葱葱，它的顶楼是一个阁楼，特别适合做一个榻榻米茶室，我当时想，一定要留出这间给自己，我可以在里面工作、约见朋友，还可以席地而睡。我想象着它未来的样子，越想越兴奋。

三天后，就签了合同。我知道，我曾经的梦想要实现了，别止，将会是一个民宿、咖啡馆和休闲空间的综合体。

三

相信我，开一家属于自己的店，绝对是人生焦头烂额的经历排行榜里名列前茅的事。那几个月，我们和设计师起争执到差不多要友尽，设计师有自

己的坚持，而我们也有自己的意见，在争执、坚持、妥协中徘徊着，矛盾而煎熬，却又从不曾放低对梦想的标准。

第一次跑工地，我们谁都没有经验，只好不断地修改方案。很多工艺没达到要求，包工头也是换了又换，原本计划半年的装修时间，足足延长到十个月。

我们就这样站在凌乱的工地现场，在脑海里构想着它完成时的样子。我希望它是明亮、整洁的，推门而入的时候，有浅浅的香味伴随而来。在这个独立的空间里，有着简单的铺陈，能让人一下子安静和放松下来。

到那一天，一定会有很多人喜欢这里，想留在这里。这种心情，让等待的时间梦一般飞逝而过。

快要完工的时候，保洁公司来过了，买的家具也都到齐了。深夜里，我们出完差回到杭州，直接从机场前往民宿。那一天，它隐藏在小路口的树林里，发着白色的光芒，像一座岛屿，自在又骄傲。

后来浩森说，那天他偷偷抹了抹眼泪。我没有告诉他，其实我也是。

四

别止开业的时候，我们弄了一个还算隆重的开业party（派对），我请了一些朋友来玩，还有几个要给我们惊喜的北京的朋友来到了现场。那天听到

大家都说，别止真好，我既开心又有些压力。跟已经成熟的moon摄影工作室不一样，别止更像是一个刚出生的孩子，需要面对太多的未知。我那天在台上谢了很多人，每一句话都是发自真心。没有这些朋友的帮助，别止不会这么快和大家见面，而这些朋友的鼓励和支持，也让别止以最好的面貌和大家见面了。

接下来的日子里，在这个被绿植围绕的别止里，开始有了越来越多的聊天声和欢笑声。有客人选择在这里住一晚，当作送自己的生日礼物，也有人专门从别的城市赶来，因为别止，而开启一段杭州的旅行。

在这件全新的事情上，我们都有所成长。我从摄影师的角度去考虑感官的意境和美感，希望无论春夏秋冬、阴晴雨雪，客人在走进日式榻榻米的房间时，都能通过门口那个小小的台阶，仿佛这是归家的仪式感。

而很多人都喜欢别止的细节，那些杯盘、餐具、小摆件，是浩森亲自从全世界背回来的，他也全程参与软装的挑选，无论是椅子、灯、纸巾架，还是墙上的布置和搭配，都亲力亲为。

每次看到有人在微博上@我们，分享在别止的美好回忆和心情时，我们都会松一口气，却又更多了一份紧张。

从最初误打误撞成为一名摄影师开始，我们的幸运，也许总是在于接触全新事情时没有任何顾虑地一往无前。别止，也一样。它不该像高档酒店那样，提供机械而流程化的服务。它应该是让人发自内心感受到温暖的地方。

所以，房间里，有我们精心挑选的桧木地板，有问候的信笺，也有满满的祝福。无论何时，别止的大厅里都会留有一盏暖色的夜灯，远远看到它，就仿佛可以被指引回家，让人感到安全又安心。

是啊，生活太匆忙。我们活在与别人的比较当中，总是开启一段段仓促的旅程。可我们又都喜欢安宁的地方，面对一方山林，手捧一杯清饮。

五

如今的别止，已经步入正轨——有幸得到很多人的分享和推荐，太多人慕名而来。除了工作，大部分时间我也待在这里，茶室和咖啡吧台是我最喜欢的位置。我常常戴着耳机、对着电脑做一些工作，店里忙的时候也会帮忙服务客人，遇到投缘的客人，也会小酌一杯。

曾经我们也担心过是否能坚持十年，但浩森说："怕什么，大不了我们自己在这西湖边住上十年，那也是件美好的事。"可后来我越来越有信心，因为每一天，都有无数的美好，在别止发生。

而比这更令人感动的，是那些来到这里的人。

Leo是台湾人，他在花莲，他也想开一家自己的民宿，他在网上看到别止的分享，次日就动身来杭州，只为体验几晚。可惜，他在的时候我正出差，他托店长给我手写信。他说还没见过文子，看到别止的物件和气质，就

知道文子是一个什么样的人，就好像已经是认识多年的朋友，最后他说谢谢文子在喧闹的城市，给大家一个这么安静的角落，他说他下次还要带女朋友和家人来住。后来我们加了微信，成了好朋友，他也常在世界各地旅行，每到 个地方，他都会快递当地的咖啡豆给我……

还有因为看到别止，改变去北海道旅行计划的花花和叶子；还有在下着暴雨时依然来喝一杯咖啡的浪浪；还有在这里邂逅爱情的石头和萌萌……

这些人，都是我在别止里，遇见过的美好。

六

世界这么多城市，这么多咖啡和民宿，而好多人却偏偏选择了别止，我常常坐在吧台，莫名地感动着。别止的员工，像一家人一样团结。去年过年，我发了条微博："如果你在杭州，今年没办法回家过年，原本只计划一个人孤单度过，那么来别止吧，除夕夜里，把别止当成家，这里有帅帅的咖啡师，有漂亮温暖的店长，还有包饺子西湖区第一的阿姨，免费准备了年夜饭陪你跨年，大年夜没人应该孤独。"后来店长说她收到了好多邮件，除夕夜里，一群年轻人聚在别止，他们成为朋友，不醉不归到天亮。我想，这也是别止的初衷吧，它是温暖的存在，是一个会留下美好和幸福的地方。

　　择一别院，居止而歇，无形与万象，终点亦起点。这是我们赋予别止的含义。我就在这里，在别止，等着你。

　　愿回忆是青春，岁月是故事，温暖与动人的情怀，通通别止。

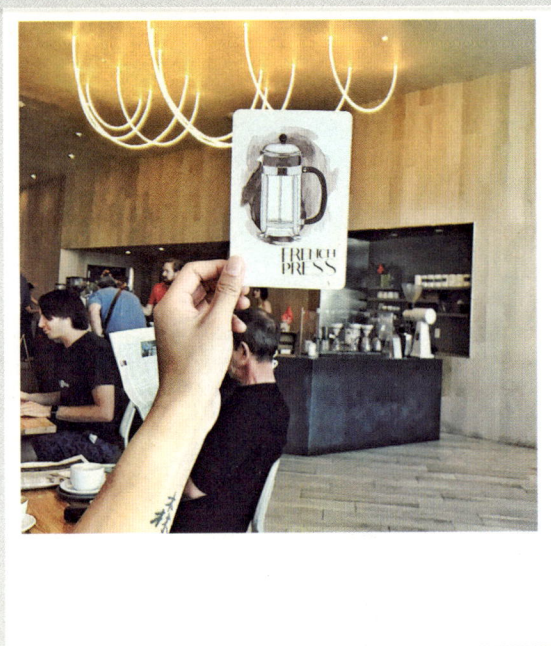

Diary

很高兴一路上，我们的默契那么长

拍照就是除了能认识很多有意思的人以外，也体会到很多人的人生。

第一次策划巡拍的时候是2009年，金浩森大学刚毕业，我们商量着做一个巡拍。

在豆瓣还比较盛行的年代，去不同的城市给别人拍照，一个星期可能有500块到1000块的报酬，刚好抵掉自己的开销。

我应该是2011年和2012年的那个时候开始拍照的，我拍的第一个模特是金浩森，因为跟他一起比较方便。

大多数人只能体会一种人生，但是作为一名摄影师的好处就是，和客人朝夕相处，会听到很多很多的故事。最有意思的事情就是一个人从年轻到身为父母，他的状态的变化。很多客人会把他们从小到大的事情，都和我们讲一遍。那些有趣的和无聊的。

如果一个人手上有个"森"字，我就会让他在每个地方，都伸出手来拍一张，代表"我来过"。他还可以用其他的形式，来证明他曾经存在，存在于这个城市的每一个角落。

很多客人会跟我说非常羡慕我跟金浩森，因为我们可以一直做自己喜欢的事情。所以我觉得搭档之间，性格的互补是非常关键的。

2012年圣诞节的时候，我们决定落脚杭州。中国很多地方我们都去过了，最喜欢的城市是杭州。这里有山有水又有茶园。而"别止"也几乎满足了我对家所有的幻想。"别止"里面有白色的墙，有很大很大的落地窗，在这里我会觉得很放松，很有安全感。

很多到过"别止"的朋友都有过一个念头：我就待在这里好了，我不走了。我想，这大概是因为他们在这里能够感受到百分百的放松和安心，能够体验到慢生活，能够享受一种理想中的生活节奏的缘故吧。

其实我是一个非常容易知足的人。在没有更好选择的时候，我会觉得当下的就是最好的选择。至少我是在做自己的事情，而且是自己喜欢的。我觉得这很难得。

多去旅行。
多休息。
慢下来生活。

可多少人说往事如烟，

但也总有人将回忆酿酒，

在漫长的时光里醉了无数遍。

大理的父爱

Chapter 14

一

　　每年无论多忙，都会抽出时间来几次大理，总觉得这里对我而言有着特别的意义，认识的那群朋友，喜欢的那片风景，让这座原本陌生的城市，也就此好像与我有了交集。天的蓝与洱海的蓝，令我时常怀念这里的辽阔。于是我一次又一次想念，也一次又一次回来。

　　上一次我在这里认识老程，是开民宿的朋友带我去他的餐馆吃饭，介绍我们认识。朋友说："老程这样的人啊，不讨好任何游客，所以明明饭菜好吃得要死，却在网上怎么都红不起来。可只要你误打误撞来吃过一次，就绝对会想推荐给别人！"

　　饭馆装修得很一般，可第一道菜端上来的时候，我们就吃得停不下口。那天好像水管有点问题，老程就自己忙里忙外，弄得差不多了，才搬了把椅子坐下来，把酒倒上。

　　他50多岁，在大理开了两家饭馆，看上去黑黑壮壮的模样，手指和牙齿都被烟熏得发黄。话很少，只在朋友们调侃他今年生意越来越好、估计赚了不少钱的时候摆摆手说："我一个粗人，哪有你们有脑筋，现在早就是你们的天下啦！"

他举着酒杯和我喝酒，说早就听说过我们了，下次要请我给他闺女和外孙女拍照。聊起她们，老程开始喋喋不休起来。

二

老程说道，他女儿在昆明上班，在很好的公司里做人力资源，过年过节就来大理陪他，特别孝顺。说这话的时候，他那副骄傲的神情，就像个小学生取得了好成绩一样自豪。他说女儿最爱吃他做的熏肉熏鱼，他每个月也都会带一些过去给她。老程掏出手机，给我看他们之前拍的全家福，照片里，女儿和女婿站在一旁，抱着小外孙女，老程穿了个照相馆租来的西服，坐得僵僵的，可脸上的表情全是幸福。

他感叹道："孩子都大了，我也总算放心了。我啊，现在就想多赚点钱，让他们无后顾之忧，反正我也没啥大文化，就守着这儿挺好。"

我陪他喝了一杯酒，这时，饭馆里来了熟客，他跑去招呼。其实我听朋友说过，老程的妻子在很多年前就因病去世了，那时女儿只有六岁，刚上小学。这个活得无比粗糙的大男人，把内心里所有的温柔都留给了女儿。他拼了命地工作、赚钱，然后尽可能地给女儿最好的生活条件。

朋友说老程没少赚钱，但都没花在自己身上。他说他要存着，以后供外孙女出国读书，他自己一辈子没文化，就想着一定要让孩子们过好日子才行。

但其实，他是怀着对妻子的想念，才留在这里哪儿都不去的。这些年也有人想撮合他再婚，他却怎么都不肯，说多了，竟还跟朋友翻脸，于是再也没人提这事了。

谁都知道，老程钱包里放了一张妻子的照片，他说："她生前最爱管钱，让她走了以后也守着我的钱，她会觉得安心。"

有些人深藏内心的柔软，是因为他不得不为这柔软包裹上一层坚硬的外壳，才能用坚强而勇敢、无所畏惧的方法，守护他最珍贵的宝物。

女儿在大理上学时，曾经放学时有几个小青年堵在路口，向她吹口哨，还语言上调戏了几句，老程知道后气得拎起棍子就要去打架，嚷着要打断他们的腿。生意不好的时候，他每天都在饭馆忙事情，回家时女儿早就睡了，但再晚他都会准备好第二天中午女儿的盒饭，记得她喜欢的口味，记得荤素搭配。老程对朋友仗义，有一年朋友店里有小混混闹事，他跑去替人打架，结果受了重伤，他就打电话跟女儿说自己去外地办点事，却依旧每天让饭馆的员工替他准备好盒饭，给女儿送去。

三

酒过三巡，老程拿起店员的手机，打开淘宝，跑来问我："你能不能帮我在网上选一个适合我闺女的项链？我不知道怎么搜，她过生日，我想买个礼物，但又不知道二十多岁的大姑娘喜欢什么。"

他说这话的时候笑着，笑容里有种罕见的腼腆。我帮他找了个牌子，帮他选了下，然后他特别高兴，喊店员帮他拍下来。他拿起酒杯跟我喝酒，说道："还是你们有眼光，我这种粗人，真是一点都不懂这些。"

和老程这样的人，倘若聊爱情、聊温暖，总显得那么不搭调。倘若不知道他的故事，只看到他本人，大多数人都会觉得这就是一个普通而无趣的老男人。可是在他每一次谈及女儿、外孙女的时候，他身上都闪着光。

在那次饭局上，老程接了女儿的一个电话。好像是女儿跟他确认生日那天他到昆明的时间。中途问他是不是在喝酒，他一脸做错事的小孩般认错的神态说："好好好……我知道，我不多喝。这都几点了？你怎么还不睡觉。"然后挂了电话，他拿起酒杯，想了想，就又放下了。

这样的老程，在那个五大三粗的外表下，显得有些可爱。

离开饭馆时，我回头看了看这间亮着灯的小房子。这些年，老程曾有过多少不为人知的孤独和心酸，但他都用男人的姿态扛了过来。可多少人说往事如烟，但也总有人将回忆酿酒，在漫长的时光里醉了无数遍。

大理的星空很亮，只希望在这里的每个人，都能温暖到老。

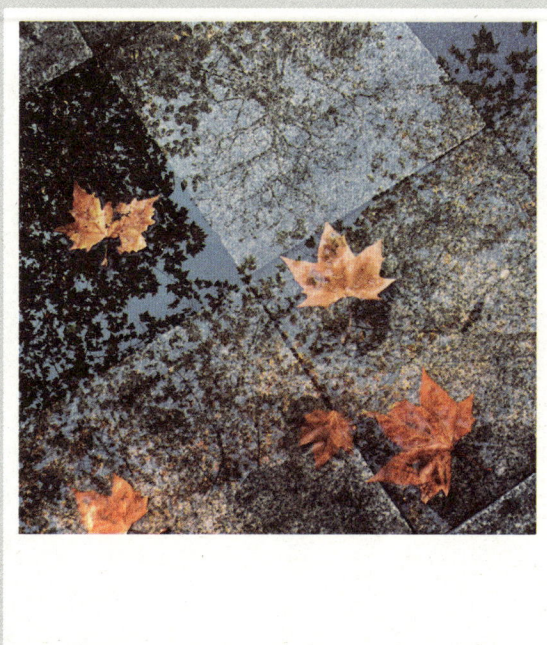

Diary

离人心上秋意浓

别离和目送   大部分的时间

我们变成一个又一个离人   我们都在规划人生

去别处学习、旅行、工作、生活   死皮赖脸地说着我们还年轻

和不同的人   乐此不疲地玩着十八岁的梗

在不同的地方   你说，我们不会老

用不同的方式   我说，秋天又到了

道别和相聚

在不断的练习当中

我们习惯这样的情节

甚至四季变换

再也处变不惊

不知道这个季节会发生的事情

似乎也记不起去年此时的自己

你要站在你自己人生的中央，

决定你要去的方向，然后向全世界证明，

你的选择，从来没错。

我只是没忘记自己想要的生活

一

2016年年底，我给工作室的小伙伴放了一个多月的春节假期，而我留在别止，看书、喝咖啡、写这本书，然后在腊月二十七，才坐上回家的高铁。

不是不想家，只是越长大，单身这件事越成为家人的负担。让每一次相聚，哪怕只是在电话里，都绕不开催婚这个话题，感受得到他们每时每刻急迫的盼望。

这一次，当然也不例外。刚到家还没多久，邻居就跑过来问："怎么今年又是一个人回来过年呀？"我回头看了下在厨房做饭的我妈，松了口气，盼着能稍微晚点、再晚点，被她提到这个话题。

而晚饭时，亲戚问我："杭州买房了吗？"我说是的。然后他问了问房价，感叹道："哎呀，这么多钱，得还贷款还到60岁了吧。我真是不懂你们这些小年轻，大城市到底有什么好的啊？你就应该学学你表哥，在隔壁市区结婚、生孩子，他想吃什么，我开个车就能送去……"

这次躲不过了。果然我妈看了我一眼，摇摇头说："别的不重要，好歹

先把对象找到，这又一年了，你看看你都多大了……"

后面的话，这些年已被重复了无数次，好像对于他们而言，结婚才是我当下生活的唯一重点。

二

这个春节，微博上流传各种段子，吐槽过节期间亲戚长辈们家长里短的问候和比较，其中最多被人谈及的，就是催婚这个话题。曾经有很长一段时间，我为这件事一直焦虑和难过，觉得自己没能满足父母的期望，也为他们的担心而深深自责。

直到在《奇葩说》的辩手黄执中微博里看到这样一句话，像遇到了知己，特别感慨。他说："亲人，来自血缘，他们的爱，来自天性。对多数母亲而言，远望你的旅程，她宁可自己的心肝宝贝平凡稳当过一生，也不忍见到孩儿缺了胳膊断条腿后，当了将军回来。"

其实我们当然都知道，全天下的父母都是因为爱，才有着这么厚重的期盼。希望早日尘埃落定，有人照顾他们的孩子、彼此依靠、组建幸福的家庭，他们才能放心。只是，父母们总是不能明白，这个时代与过去的那个时代，早已变得截然不同。但总有一些人，宁愿缺胳膊断腿，也盼望打场胜仗，然后凯旋，而不是苟且一生，庸碌匆忙。

现在的我们，除了传宗接代、生儿育女之外，有着更多想做的事，也有着自己对理想生活的追求。我们越长大，只能越狠心地拒绝父母的期望，想要遵循内心，认可时机和缘分，并且深深明白与一个人生活在一起，实在不仅仅是柴米油盐那么简单潦草的事。这是另一种负责，对自己的人生，也对未知那个人的人生。

结婚并不是幸福的唯一条件，只有过上理想的生活，才是幸福。

我当然知道，生活中我们有许多情感的牵绊和责任，可是，多希望长辈们能理解，也试着了解，我们真正想要的人生，不过就是为自己而活。

三

我认识一些年过40岁的朋友，刚结婚不久，孩子三五岁，说来也是实在的晚婚。但他们年轻时，做自己想做的事，闯荡自己的事业，直到在对的时间遇到那个对的人，然后结婚、组建家庭、升级为父母。一切的一切，不为了满足任何人，只凭着自己的心意在人生里前行。

曾给一对新婚夫妻拍婚纱照，男人已经43岁了，在两年前遇到比自己小五岁的妻子。他说，这个年纪很难会一见钟情，早已过了年少恋爱时的冲动和一腔热血，可是，却也因此更珍惜相遇，更懂得如何经营，如何去爱一个人。他说这话的时候，那种帅气，是二十几岁的男孩身上不具有的。而他的妻子，则笑着说："后来我才明白，原来这漫长的单身年岁，不过就是在等他到来。"然后她轻轻捶了他的肩膀一下说，"但你也不知道早点来！"两个人笑作一团，羡煞旁人。

也有一位朋友，年轻时因为家里逼得急，于是找了个各方面"还可以"，姑且算是门当户对的人，相亲后见过几次，就草草结婚了。过了几年，因为彼此并不相爱，矛盾逐渐升级，在大城市工作已然是每天焦头烂额，回家还要面对争吵，最终走上了离婚的路。女孩重新回到单身的生活，她说："现在才明白，原来有些事真的无法将就，毕竟生活这件事，如人饮水，冷暖自知，你处于自己的生活当中，所有喜怒哀乐，只有自己才最明白。"

四

从记事起，我们的人生就是听命于人。读书时听父母和老师的，工作后听上司的。大部分人一辈子都被生活推着向前，丢掉了那个真正的自我，也丢掉了生活里最纯粹的东西。

我们真正的快乐是什么呢？我们真正想要的生活又是什么呢？你还会记得，会去问问自己吗？

记得某次旅途中，曾拍过一对83岁的老人，他们在18岁那年结婚，在彼此最好的年纪组建家庭相互照顾。那一天，爷爷一直牵着奶奶的手，奶奶认认真真帮爷爷整理衬衫的衣领，我被镜头里这些琐碎深深打动。在他们身上，我看到了相濡以沫的可贵，也明白了爱可以让两个截然不同的生命彼此依偎，一生陪伴。我想这样的婚姻，才是我们盼望并值得等待的。

任何时刻，都请不要忘记你想要的是什么。你要站在你自己人生的中央，决定你要去的方向，然后向全世界证明，你的选择，从来没错。

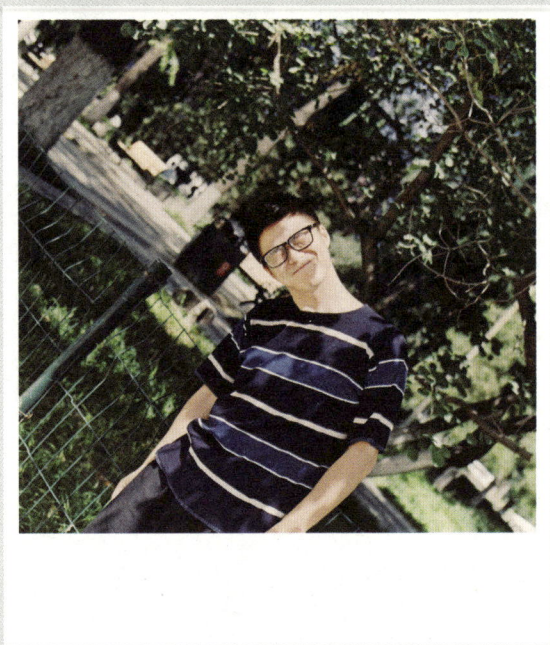

Diary

知道吗，我总是惦记

　　现在的我，慢慢地接受成长、成熟带来的种种，成年人的谈吐举止、思维方式和生活状态，但难免，时不时会感叹"青春易逝难倒回"。刘若英的那首歌《继续给十五岁的自己》里有句歌词："路旁有花/心中有歌/天上有星/我们要去的那里/一定有最美的风景"。这些美好的，不含任何杂质的青春记忆，真的美好得只剩下"天很蓝和白衬衫"。

　　日本摄影师滨田英明（Hideaki Hamada）曾拍摄过一组校园青春片，青涩的女孩，洁白的衬衫，干净得如同一瓶水，放在日光沐浴的阳台上，泛出点点波光。这些画面让我想起很多过往的青春回忆。现在想起来，我们都应该好好地对过去的自己说：谢谢你，是你的单纯给了我指引。

每个人都应该有一两个不疾不徐的朋友，

没有必须的问候，也不用非说再见。

朋友需要拆穿

◆ ◆ ◆ ◆

没有必须的问候

文 | 丁丁张

我出自己第一本书《人生需要揭穿》的时候，突然认识了很多人，文子是其中之一。

那天他来北京玩，忘了有没有一起吃饭，后来到我家里做客，我们闲散地聊着天，说些现在想不起来的话。那好像是夏天，临走的时候，我送他下楼，他说，你别再胖了哦。

这就是文子，明明有一百句可以说，偏选比较难听的那句。

然后他用我的手机，在一条斑马线上帮我拍照，我一看，果然拍得好，他又修了一下还给我，照片里的我比例得当，显得腿还挺长。

后来拉拉杂杂的，好像也没怎么相处，但心里竟也认这个朋友，他可能还不大了解我，一如既往地叫我丁丁胖，我假装不以为然，却也没有回嘴的依据。

他做摄影师吗？好像是，也写一些字。后来我发现我很多朋友我并不了解，但并不影响我和他们的相处，甚至也不影响我喜欢他们，又看他和浩森搭档，出书，看浩森少年的样子，后来还蓄须，更好看了，但一直没有机缘见他，或者我内心不大想见真人，万一文子狠狠地帮他修了片呢。

　　介绍我认识他的朋友，后来不见了，这是我已经接受的事实，反正总是生命中我们不停地丢失一些人，稍微不注意就断了联系。所以，像文子和浩森这样不远不近的存在，倒是很有趣，既不用费心刻意联系，也就没有必须记得或者忘记的理由。

　　听说他们开了店，但一直没有机会去，刘同倒是到那里住了，还拍了照片发了公众号，照片里的房间和照片里的浩森一样美，但也不知道有没有被狠狠地PS过，叫别止吗？就是别停下来的意思喽。

　　有些人存在，就是用来当镜子的，我不知道，我什么时候会有文子现在的日子，但就像他活不成我一样，我终也很难活成他。

　　大概照片也好，文艺酒店也好，能持续做一件事，并一直享受其中乐趣，就有可映照的部分，我对文子的耳闻，大概就是这些可以收集能量的部分，哦，原来，我们真的可以做自己想做的事哦，只要你想，并坚持做下去。

　　写这篇的时候，北京有雪，不到深夜，整个城市却安静了下来，像噪声也被雪覆盖了，我看着窗外，内心无比安宁，每个人都应该有一两个不疾不徐的朋友，没有必须的问候，也不用非说再见。

折腾出一个有趣的人生

文 | 好妹妹乐队 张小厚

文子在我看来，是一个很会折腾的人。他特别愿意钻研各种他认为有趣的事情。摄影好像是他的主业，把现实中的事物拍摄成想象中美好的样子，从奇特的视角去记录那些渺小的点滴。

算下来我们相逢最多的场合，都是和酒精有关。提起文子，除了他的作品之外，我脑海中想到最多的是金浩森和酒。我们在西湖边的酒吧里喝，去厦门拍摄《谁的青春不迷茫》时从酒吧喝到餐厅转战四个地方，就连他和浩森来北京录我们的电台节目，也是从对面超市拎了一瓶二锅头来的。还有好多次的聚会，都是我们不停在干杯。

但似乎我们都不是嗜酒的人，每当这群人相逢了都开心得要命，不知道如何是好，仿佛一定要喝点酒，才对得起这次团聚的感觉。我们的酒量也都一般般，但每次和文子在一起总是不知道节制地一直喝下去。或许知道身边这群难得的朋友，是我们可以任性一下可以放肆一下的时刻。

有一次我和秦昊去杭州开演唱会，到了杭州那晚我们便去了别止找他俩喝酒。别止的小院子特别舒服，但因为冬天太冷，我们所有人都披着毛毯烤着炉子，在别止聊天。在某一个有点微醺的时刻，我看着文子招呼我们，恍惚间觉得这个笑起来慈眉善目的人有一股老爷风范，而小院子里的其他人是一群披着毛毯追逐打闹的丫鬟。哈哈哈。

文子和浩森做搭档默契十足又互相信任，我特别理解这种伙伴的感觉，是因为恰好我和秦昊也似他们一样。两个人一起，会有陪伴感。遇到挫折的时候，会有人分担，不是朋友间的安慰和鼓励，是有人实实在在地替你扛下很多东西的负担。当我们努力变得更好的时候，伙伴也是一个警醒自己不要膨胀的一个存在。所有的好，和所有的不好，都有人陪着你。这种感觉很珍贵。所以，文子和金浩森的微博里提起对方，粉丝们会大呼：发糖啦！而我更能理解他们想说的话。因为，我和秦昊也经常"发糖"。

文子哪儿都挺好的，就是老喜欢说自己胖，我觉得他对胖这个字的定义有误解。他的胸部都没有达到A罩杯，却天天说减肥。我觉得有可能是金浩森这个人平时老刺激他，让他觉得自己真的胖。文子一直说要一起去旅行，大家都很积极，但一直都未成行。所以希望在友谊还没有破裂之前，能真的一起出门旅行。

世间来往的人儿，都带着自己的属性，行走在这充满各种可能的世界里。有的像鸟儿自由无限，有的像花儿装点美好，有的像春天舒适自在。我想用太阳来形容文子，温暖又柔软。

一切都是最好的安排

文丨阿Sam

认识一个人应该从听觉开始，所谓听觉无外乎都是在坊间听到关于这个人的故事，性格和样貌，在认识文子、浩森之前，我们的世界有几许交集但是并没重合，一来都爱摄影，再加上都有出书，又因错综复杂的朋友关系网，早就耳闻这对黄金搭档。

我们的友谊并不是从他们的摄影作品开始，当然也不是从书和开的民宿开始，是有一次我机缘巧合去云南普洱出差，和他们工作室的小摄影师住在一间房，小摄影师是我老乡，淳朴，有着所有大学生的样子，一见面去逛街，我说有家鸡爪好吃，他立马买了几个还分了我一个，亲切又不做作，很快就熟悉了起来，所以也算是鸡爪的友谊。

在整个工作旅程里，他一直说自己老板有多好，教了他多少东西等等，于是我好奇地想，到底这两个老板灌了什么迷魂药又或者给了多少钱，对自己下属如此之好，以至于下属整个旅程口风紧到没有半句老板的坏话。

在我做杂志的岁月里，大部分的时候我只能求大家不要太讨厌我就好，毕竟上司永远是上司，每个人的立场和角度不一样，处理事情也不太相同。

第一次见到他们就是在刘同的电影《谁的青春不迷茫》的上海首映会，浩森戴了一个鸭舌帽很像是艺人出道怕粉丝拍到，文子穿着蓝色短袖背着包，笑眯眯地跟在边上，首映结束后约着吃消夜，刘同很爱吃小龙虾和喝酒，并且小龙虾的量惊人，但他不胖。

我并不太确定这两个人都爱喝酒，反正我和刘同是爱的，庆功宴喝了不少，文子坐在我边上一直默默地给我加酒，我在想：妈呀，这个男孩也太贴心了吧！

这是我们第一次见面，第二次则是在东京，我去工作，他们带着刘同拍东西，晚上约在新宿的小酒馆喝几杯，我工作结束过去他们已经喝到有点东倒西歪，浩森还连着唱了好几首歌，文子依旧默默地在边上照顾大家。

因为刘同我们机缘巧合地喝了几次酒就这么熟络了起来，浩森酒品很好不过也易醉，文子通常深藏不露，反正我没见他醉过，浩森当时已经醉到快失去自我。

一个狮子座，一个天蝎座，两个爱旅行的摄影搭档在路上，他们实现了很多我没有实现的梦想，比如开一家咖啡馆和民宿。

再次相遇是在杭州的"别止"，初夏的风把整个城市的人都吹化了，坐在院子里聊着属于我们的梦，这里的一草一木都是他们亲手种下的。

人总是需要有梦想的，而刚好有一个如此好的搭档，我在想，这都是最好的安排。

而我的梦，还在继续。

三句话文子

文 ｜ Will

　　提起文子，脑子里会冒出三句看似俗套却也耐听的话，就像他这个人，让人耐得住性子。

　　我脾气一般，对大多数人都没有什么耐心，因此先在这里感谢文子能在两年多前参与我的人生且看似对我温柔以待……

　　第一句。

　　"人生得二三知己，足矣。"这足矣，有那种也爽，也够够的感觉。

　　跟文子接触并开始真正认识是因为2015年在厦门拍"青茫"的电影，他们去给电影拍剧照，我去探班，在这之前跟他们也在北京私下接触过一两次，但因为都不是自来熟的人，就把彼此纳入一种名单，这种名单的人就是当第三者提及的时候，我们大概的形容都是：见过。我想，设定过这种名单的人，内心对人与人都是有尺子的。显然文子也有，因为在不熟之前他极少在我朋友圈点赞，但后来那简直叫一发不可收。说到这里，突然对我们这种内向型人格的人竟也想表示些许遗憾，不由得偶尔也会羡慕身边的david认为"天下没有陌生人"。

我总说"他们"，因为在我刚接触文子的时候，文子在我的眼里好似就不是一个独立存在的个体，他的名字总是跟在金浩森后面，金浩森文子，文子像买一送一的后面那个一，不送就感觉太亏了；像盖饭下面的饭，不吃就感觉没吃饱；像人生得二三知己，他们一来就占了两个名额，觉得爽，也够够的感觉……你们懂吗？以前我不懂的时候，也曾感同身受文子好可怜啊，懂了之后，觉得金浩森真的太幸运，文子又何尝不是。我们大概曾经都有过被别人认为是跟随者的日子，自己也条件反射过"凭什么"，后来更强大的你会告诉你，人的生命哪有本应该的跟随，懦弱者觉得那是不得已，强大者觉得那是我愿意！后来就挺感谢金浩森和文子有两份啊，因为文子跟我一样，认识不到自己好看，耐看，不夺目还温暖且不做中央空调。金浩森，自然就不敢懈怠。现在每天不得不跑步的金浩森，应该会经常回头看看文子是不是也在拼命。可更多活在镜头后的文子，给浩森一丝冷笑该是多么滑稽。

这人生的励志，有多少是被盖饭里的饭逼的啊。

第二句。

"眼睛是心灵的窗户。"嗯，感觉文子的窗户永远只开一条缝，上面还贴了膜。

文子的识别度真心高，那么小的眼睛，那么厚重的眼镜。其实我以前比较少跟眼睛特小的人有什么深度的交流探讨，因为感觉自己没机会把握节奏也得不到确认，主要因为眼神无法互动，不知道是不是有共鸣在流动，可太太太幸好的是，文子非常爱点头，也非常爱说对对对啊，太对了，完全解决了我这个困扰。你说一个人面对自己的特点，找到一个更好的弥补方式，是多么聪明的人啊，这样的他至少没有失去我啊。

文子，不轻易表达，跟我们一起，他大多数时候听着，偶尔互动的时候都是提高笑声，再拉大嗓门说一句，没有大多数人的聒噪，但会让人感到体贴。

"行李箱是不是都拿好了？"

"你早饭吃了吗？"

"别让金浩森去买，他会迷路，我去吧。"

"你们聊吧，我先睡会儿……"。他连要睡会儿，都会提醒我们，已经细致周全到担心我们发现不了他在睡觉，眼睛小算苦恼的话，我觉得他克服得实在太好。

这人一旦平时爱自嘲，把我们相处的气氛也就养得肆无忌惮。

第三句。

"我们一起出去玩吧。"有些人，玩就是真正在玩，他吧，玩是确实玩了，可啥也没耽搁，拍照出书开民宿卖淘宝接商演，简直就是玩乐人生背后的努力boy。所以，他说我们一起出去玩吧，我都想说：你买单！！！当然，至今他还没有买过。再接再厉吧。

每年年初和半年的时候，文子会出年度巡拍路程表，从以前的国内几个清新城市到现在全球北到北极南至澳洲往南，每个季都会给网友制作手机壁纸，都是工作室自己拍的。定期给MOON出一些衍生品，连民宿新出一款甜品，这甜品都有一套自己的写真集。而我，一个朋友！却还没有被拍过……两年前说要做民宿，给我看了照片，是个破楼。后来挑挑拣拣，我们去开业party的时候恨不得自己就长在民宿。去年的时候，我们会隔三岔五问问民宿的生意，文子说这几天房都是满的，你要住吗？可能只能住我们顶楼那间工作室。问过几次就不太问了，一副生意太好的样子，我们不用操心了，也不知道是不是真的。这些事情都是我们旁人一瞥就能看到的，好像不经意，都实现了。也算是他的个性，没见他抱怨过啥，轻描淡写有条不紊，把自己想长出来的东西都长了，修修裁裁，还挺好。说到难的时候，也就呵呵傻笑几声。

大家每年有机会碰在一起的时间确实有限，拉了微信群就像垦了块自留地，大家把生活都聊成段子你来我往一下。人说二三知己，也总是会隔几年就走散了几个，留下来的，加了新的，慢慢大家都找到跟自己越来越投缘的人，说是投缘，也可以说是很像，人与人之间的关系谈勿忘初心其实是难的，认识的时候哪有什么初心，就是觉得有意思啊。彼此觉得有意思，且都跟上了对有意思的标准，一起升级了，就好。

2015年在厦门认识的时候，夏天，和煦干净还潮湿。我们都开始因为在这里认得疯癫了几天而喜欢曾经出差来过很多次也没有顾得上领会的厦门，回想起来，很好。

记得有老人家说过："人一辈子比的不是活了多少日子，而是多少日子被你记得。"

这些记得，因为一些人，更显得珍贵。变得越来越好的自己常常也是朋友塑造的，他的生活，他的某一个细节，你如果能够发现，那都是对你的馈赠，加宽了你人生的河床，当风浪起时，这些馈赠会让你的生活多几个温暖转弯。这一点，我觉得，我可以谢谢文子，顺带谢谢金浩森。

这本书送给因镜头而与我们相遇的每个人。

曾定格过你们的笑容和青春，

是我的幸运。

图书在版编目（CIP）数据

谢谢你出现在我的青春里 / 文子著；金浩森摄影. —长沙：湖南文艺出版社，
2017.6
ISBN 978-7-5404-8064-6

Ⅰ.①谢… Ⅱ.①文…②金… Ⅲ.①散文集—中国—当代 Ⅳ.①I267

中国版本图书馆CIP数据核字（2017）第090658号

上架建议：畅销书◎青春文学

XIEXIE NI CHUXIAN ZAI WO DE QINGCHUN LI
谢谢你出现在我的青春里

作　　者：文　子
摄　　影：金浩森
出 版 人：曾赛丰
责任编辑：薛　健　刘诗哲
监　　制：蔡明菲　邢越超
策划编辑：李彩萍
特约编辑：温雅卿
营销编辑：李　群　张锦涵　姚长杰
营销支持：安　琪
封面设计：SilenTide
版式设计：利　锐
出版发行：湖南文艺出版社
　　　　　（长沙市雨花区东二环一段508号　邮编：410014）
网　　址：www.hnwy.net
印　　刷：北京尚唐印刷包装有限公司
经　　销：新华书店
开　　本：880mm×1270mm　1/32
字　　数：210千字
印　　张：10
版　　次：2017年6月第1版
印　　次：2017年6月第1次印刷
书　　号：ISBN 978-7-5404-8064-6
定　　价：42.00元

质量监督电话：010-59096394
团购电话：010-59320018